KB091212

카레 만드는 사람입니다

 013 **카레**

카레 만드는 사람입니다
김민지

성북동 '카레'를 찾는 일은 어렵지 않습니다. 커다란 간판은 없지만, 사람들이 항상 길게 줄을 서 있는 곳. 멀리서도 느껴지는 어떤 성지의 기운. 당도하였다! 하는 느낌으로 곧 먹게 될 카레를 상상하면 가슴이 두근거립니다. 조금 기다리고 있으면 리넨 앞치마를 두른 사장님이 문밖으로 나와 다음 손님을 데리고 들어갑니다. 슬쩍 들여다보니 쉴 새 없이 가게 안을 오가는 풍성한 앞치마 자락. 설마 내 차례 전에 동나진 않겠지… 마음이 조급해지기도 합니다.

처음 이곳에서 카레를 먹었던 날을 잊지 못합니다. 한입 떠서 입안에 넣으면 버터 향 녹진한 카레가 점막을 타고 쌀밥과 함께 진득하니 녹아내리는 그 맛. 일일이 다 알아맞힐 수는 없지만 갖가지 향신료의 독특한 향과 부드러운 식감이 입안 곳곳에 남기는 선명함. 당신이 향신료 카레를 먹어본 적이 있다면, 첫인상이 어땠을지 궁금합니다. 커다란 냄비에서 엄마 몰래 당근은 빼고 고기만 골라 담던, 샛노란 카레만 먹어왔던 저에게는 꽤 충격이었습니다. 진짜 카레를 알게 된 것만으로도 내가 알던 세계가 몇 발자국 넓어지는 느낌이 들었으니까요.

어째서 향신료 카레였는지, 우리는 이 책에서 그 이유를 찾을 수 있습니다. 카레 그릇이 수없이 놓였다 치워지는 단정한 갈색 식탁처럼 담백하고 단단하고 또 사려 깊게, 카레와 카레 향이 나는 우리 주변의 일상을 되돌아봅니다. 카레 만드는 사람으로 느끼는 크고 작은 보람들, 가게 안에서 매일 새롭게 벌어지는 에피소드들, 타국에서 만난 고집스럽고도 특출난 카레들. 매일 카레를 끓이면서 새삼스럽게 깨닫는 향신료들의 무궁무진한 아름다움은 앞으로 우리가 만날 카레를 더욱 기대하게 만듭니다.

집에서는 더는 카레를 만들지 못하게 된 웃지 못할 고백과 최애 아이돌의 반려견 얼굴 모양으로 만든 카레가 입소문을 타며 가게 안이 팬들로 북적이게 된 사연까지… 진심만이 가득한 이 카레 이야기는 갈수록 깊이 우러납니다. 만화나 영화에서 무심코 스쳤던 카레 먹는 장면도 이 책에서는 막 끓여낸 카레처럼 뜨겁고 생생한 화두를 던지기도 하죠.

또 카레야? 지겨운데… 하고 시무룩히 냄비 뚜껑을 덮던 당신에게 선사합니다. 거스를 수 없는 향신료 카레의 매력을. 더불어 지극히 흥미롭고 다채로이 선명해지는 일상을.

Editor 김수연

차례

카레 만드는 사람입니다

"셰프님, 안녕하세요!"

처음엔 나를 부르는 말인 줄 몰랐다. 지금도 그렇지만 셰프라는 묵직한 단어에 어울릴 만한 일을 한다고 생각하지 않아서다. 음식을 만드는 사람은 맞지만, 요리사나 셰프라고 이름 붙이기에는 어쩐지 낯간지러운 구석이 있다. 그래서 나를 소개할 일이 필요할 때면 '카레 만드는 사람' 혹은 '밥집 사장'으로 명명하곤 한다.

사장이면서, 주방에서 모든 음식을 총괄해 만들기 때문에 오너 셰프라면 오너 셰프다. 하지만 내가 생각하는 '셰프'는 조금 더 전문적이고, 다양한 종류의 요리 전반을 다루는 사람이다. 나는 오직 카레만 만들고 있으므로 '카레 만드는 사람'으로 불리는 게 맞다. 게다가 나는 생계를 위해 이 일을 시작했으므로.

카레 가게라고 하니 혹자는 시판 카레에 이것저것을 첨가해 한 국자씩 퍼주는 가게라고 오해할 수도 있겠다.

내가 만드는 카레는 캐러멜라이즈한 양파 볶음 베이스에 여러 향신료를 배합해 만드는 천연 '향신료 카레'다. '스파이스 카레'라고 부르기도 한다. 그때그때 들어가는 향신료는 무수히 많고 또 다르다.

이런 카레라고 해서 전문적으로 배웠던 건 아니다. 요즘에야 제대로 된 향신료 카레를 만드는 클래스들을 종종 찾아볼 수 있지만, 예전에는 인도 요리 클래스가 아니고서야 카레는 쿠킹 클래스의 한 카테고리로 취급되지도 않았다. 그만큼 전문성이 필요하고 정성 들여 만드는 음식이라는 인식 자체가 없었던 것이다.

백수 시절, 티베트 난민을 돕는 비영리단체가 운영하는 식당인 '사직동 그 가게'에서 월요일마다 카레 만드는 자원봉사를 했었다. 정해진 레시피대로 카레를 만들었는데, 실제로는 산더미 같은 양의 양파와 토마토를 다듬고 볶고 끓이는 것이 전부였다. 카레의 메인이 되는 향신료를 다루는 일은 주로 매니저분들이 담당했고. 에어컨 빵빵 나오는 쾌적한 강의실이 아닌, 양파와 토마토가 팔팔 끓는 카레 솥 옆에서 나의 첫 카레 수업이 시작되었다. 인생은 실전이다.

그렇게 1년 정도를 일하면서 마음에 아로새긴 두 가지가 있었다. 첫째, 단순노동은 몸이 좀 힘들더라도 성취감이 크다는 것. 둘째, 나중에 그 어떤 일을 하더라도 카레 만드는 일만큼은 하지 않겠다는 것. 쉼 없이 양파를 썰 때마다 화생방 훈련 간접 체험이요, 큰 솥에서 용암처럼 솟구친 뜨거운 국물이 앞치마에 한 폭의 추상화를 만든다. "저희 저 옆 모텔 정기권 끊어서 샤워하고 가게 해주면 안 돼요?" 불 앞에서 땀을 뻘뻘 흘리던 누군가 매주 푸념하던 소리가 생생하다.

그랬던 내가, 카레집 사장이 되었다. 사직동에서 여럿이 매달려 일주일간 쓸 양파와 토마토를 썰고 볶던 것보다 더 많은 양을 매일 혼자서 하고 있다. 지금 생각해보면 그냥 하게 되는 일은 없구나 싶다. 인생은 씨실과 날실 같은 순간들로 촘촘히 엮인 커다란 피륙이 아닐까. 만약 그때 그 고생을 예방주사처럼 겪어보지 않았더라면 가게를 낼 각오도 되지 않았을 것이고, 몸도 마음도 훨씬 힘들었을 테니까.

육체노동의 맛

카레집을 하기 전에는 집에서 혼자 무언가를 만들어 먹는 시간이 많았다. 특히 설거짓거리가 적은 원플레이트 음식을 선호했기에 샐러드나 샌드위치, 파스타를 주로 만들었다. 누군가 그랬지, 자취생이 파스타를 자주 만들어 먹게 되는 건 필연이라고. 별다른 반찬 없이 접시 하나로 완성되는 식탁. 후딱 만들어 먹기에도, 나중에 치우기도 얼마나 편한가. 한편 밥 메뉴 중에서는 단연 카레라이스였다. 카레는 파스타와 달리 1인분만 만드는 경우가 없어서, 한 번 만들어놓으면 다음 날 메뉴 걱정이 없었다. 심지어 다음 날 먹으면 더 맛있는 카레도 있었다.

토마토 비프 카레, 치킨 카레, 인도식 시금치 카레, 새우 크림 카레, 구운 채소 카레… 나의 집 카레는 기본 재료 외에도 다양한 향신료를 만나며 무한대로 확장했다. 음, 내가 만들었지만 이건 좀… 혼자만 먹기가 좀… 맛있었다. 많이. 그렇게 집에서 만들어 먹는 카레를 찍어 올리면, "다른 것보다 데이지 님(나의 SNS 이름이다.)이 만든 카레맛이 너무 궁금해요."라는 댓글이 자주 달렸다. 카레가 궁금하다니 신기하네. 하긴 보통 집에서는 이렇게까지 카레를 만들어 먹지 않겠구나, 처음으로 깨달은 순간이기도 했다. 대부분의 '집 카레' 하면 머릿속에 떠오르는 건 뭐니 뭐니 해도 채소를 깍둑썰기해 넣은 샛노란 카레니까.

잠깐 다니던 회사를 퇴사한 후 백수 생활이 꽤 길어진다 싶던 2017년의 여름, 단골 샌드위치 가게 '미아논나'와 연이 닿아 7월 한 달 동안 매주 목요일마다 팝업 식당을 열게 되었다. 문제는 메뉴였다. 뭘 하면 좋을까 생각해보니 SNS로 쏟아졌던 카레 관련 질문들이 기억났다. 내가 만드는 음식 중 사람들이 가장 궁금해하는 건 단연 카레지. 그럼 이참에 대용량으로 카레를 만들어볼까? 재밌을 것 같았다. 아마 그 순간만큼은 사직동 그 가게에서의 고생을 잠시 잊었던 것이 분명하다.

지금 생각해보면 당시 첫 팝업 식당은 너무 엉망진창 와장창이어서 부끄러울 정도다. 대부분의 음식이 그렇지만, 카레 또한 집에서 3~4인분을 만들 때와 40인분을 만들 때는 엄청난 차이가 있었다.(라면 3~4인분을 끓일 때 물 양을 1인분의 정배수로 생각하면 결단코 안 되는 것과 같다.) 처음에는 물과 재료의 양을 잘 조절하지 못해서 우왕좌왕했고, 중간에 밥솥이 고장 나는 바람에 마트에서 즉석밥을 사 오는 해프닝도 있었다. 오히려 한여름에 불 앞에서 대량의 양파를 볶는 일은 별것 아니었을 정도로 사건사고들이 튀어 나왔다. 심지어 마지막 주에는 발목 인대까지 다치는 바람에 특히 고생했다. 그런 상황 속에서도 최선을 다한 결과, 준비한 카레를 매주 완판하는 뿌듯한 성과를 낼 수 있었다. 하지만 당시 머릿속엔 이 생각뿐이었음을.

'아, 다시는 카레를 대용량으로 만들지 말아야지.'

한편 엄마는 나와 함께 가게를 열고 싶어 했다. 자영업자들이라면 알겠지만, 예산에 맞을 뿐 아니라 맘에 차는 가게 자리를 찾는 게 절대 쉬운 일이 아니다. 발품을 파는 것도 중요하지만 운도 필요하다. 꽤 오랫동안 엄마는 부동산 문턱을 드나들었던 것 같다.

어느 날, 엄마와 함께 좋아하는 케이크집에서 케이크를 먹고 소화도 시킬 겸 산책을 하던 참이었다. 걷다 보니 꽤 멀리까지 갔는데, 뭐 눈엔 뭐만 보인다고 엄마의 레이더망에 딱 걸린 공실이 있었다. 해가 잘 드는, 깨끗이 철거된 작은 공간에 '임대'라고 떡하니 붙어 있었다. 딱 봐도 지금까지 봤던 곳 중에 가장 좋아 보였다. 다소 우유부단하고 머뭇거리는 나와 달리 불도저 같은 성격의 엄마는 곧장 가게 주인에게 전화를 걸었고, 만날 약속을 잡았다.

공교롭게도 미팅 날짜는 내가 가장 좋아하는 아이돌 그룹의 콘서트 날이었다. 세 시간이 넘도록 진행된 콘서트가 끝나고 겨우 막차를 잡아타 집 앞에 내리니 엄마가 마중을 나와 있었다.

"가게 계약했다."

최애 멤버가 데뷔 후 처음으로 상의 탈의 퍼포먼스를 선보인 콘서트였는데, 그 아찔한 여운을 되새김질할 여유도 없었다. 번쩍. 몽롱하던 정신이 갑자기 차려졌다. 막연하기만 했던 현실이 갑자기 코앞에 와 있었다.

막상 가게를 계약하고 나니 무엇부터 해야 좋을

지 막막했다. 설레기보다는 긴장되고, 정신적인 압박이 상당했다. 결국 내가 지금 할 수 있는 건 카레밖에 없다는 결론을 내렸다. 나의 생존 본능과 경험치가 내린 결정이었다. 카레로는 승부를 본 적이 있었으니까.

카레 만드는 일이 막노동과 다를 바 없다는 점도 결정에 크게 작용했다. 참 아이러니하지. 예전엔 그 육체노동이 싫어서 카레 만드는 일은 무슨 일이 있어도 하지 않겠다고 생각했는데, 막상 가게를 해야 하는 상황이 오니 정직하게 땀 흘려 일한 만큼 결과물이 나오는 메뉴를 선택한 것이다. 내가 던질 수 있는 패는 그것뿐이었다. 몸을 갈아 넣어서라도 괜찮은 음식을 만들 수 있다면야, 하는 마음으로.

지금도 생각은 크게 다르지 않다. 미술을 전공한 내가 요리를 하는 걸 두고 언젠가 잡지 인터뷰에서 "화폭을 캔버스에서 접시 위로 옮겼다."는 수식어로 포장해주기도 했지만, 카레 만드는 일은 육체노동 그 자체다.

주문을 받고 음식이 나가기까지의 시간은 다른

요리에 비해 오래 걸리지 않지만(패스트푸드와 견줄 만큼 빠른 운영 시스템을 도입했다.) 가게 문을 닫고 남들이 보지 않는 곳에서 들이는 노고가 상당하다. 아니, 손님이 있을 땐 만들지 못하는 종류의 음식이라고 표현하고 싶다.

과연 그 한 접시에 내가 땀 흘려 일한 시간과 고민한 흔적이 오롯이 담길지, 그리고 손님들이 그것을 느낄 수 있을지는 늘 걱정되는 부분이다. 내가 아무리 열심히 만들었다 해도 각자가 느끼는 바는 모두 다르므로.

다행히 그리고 또 감사하게도, 카레는 꽤 정직한 음식이다. 고생한 만큼 맛이 나온다는 뜻이다. 카레를 만들 때면 늘 생각한다. 몸은 힘들어도 카레 만드는 노동자가 되길 잘했다고.

우리는 향신료의 민족

메뉴판에는 두 가지 카레가 올라간다. 1년 내내 먹을 수 있는 고정 메뉴 시금치 카레와 격주로 새롭게 바뀌는 한정 메뉴 하나. 카레마다 어떤 재료가 주로 들어가는지, 몇 가지 향신료가 들어가는지 표기한다. 처음부터 많은 종류를 쓴 것은 아니지만, 요즘에는 최소 열두 가지 이상의 천연 향신료를 섞어 쓰고 있다. 빼곡히 적힌 향신료 가짓수 때문일까, 특히 방학 중인 한여름과 한겨울에는 이런 질문을 자주 받는다.

"카레에서 향신료맛이 많이 나나요?"

처음에는 당황했다. 왜냐하면 카레는 원래 향신료를 조합해 만드는 음식이니까. 향신료 카레에서 향신료맛이 나는 것을 어찌 향신료맛이 나냐고 하시면… 장금이의 심정으로 대답을 고민한다. 게다가 질문을 한 손님이 카레를 어떤 종류까지 먹어보았는지, 향신료 음식을 얼마나 접해보았는지도 알지 못한다.

"음… 혹시 인도 카레를 드셔보셨나요?"

아뇨오…. 고개를 젓는 앳된 얼굴의 대학생 커플을 보며 나는 깨달았다. 누구나 살면서 한 번쯤 인도 카레를 판매하는 식당에 가서 버터 치킨 카레를 먹어보지 않나… 생각했는데, 그건 카레를 좋아하는 나의 큰 오산이었다. 생각보다 많은 이들이 인도 카레의 맛을 잘 몰라서, 버터 치킨 카레를 척도로 '카레 레벨'을 측정하는 데는 무리가 있었다.

"음…. 그러면 마라탕이나 마라샹궈 같은 건 드시나요?"

그제야 두 얼굴에 화색이 돈다. "완전 잘 먹어요!" 하는 대답은 덤. "그러면 충분히 무리 없이 드실 수 있습니다." 답하고는 주문을 받는다.

향신료는 기본적으로 주재료를 돋보이게끔 하는 식재료다. 카레는 그런 향신료를 저 뒤에 수납하지 않고, 당당히 센터에 세운다. 향신료의 맛과 향을 경험하고 그 매력에 빠져들수록, 미식의 지평은 넓어진다. 커피나 와인을 마실 때도 혀를 예민하게 쓸 수 있답니다. 신기하지요.

그럼에도 우리나라 사람들은 왜 유독 향신료를 잘 먹지 못할까, 혹은 왜 향신료를 싫어할까, 고민한 적이 있었다. 하지만 곰곰이 잘 생각해보자. 우리나라는 음식에 향신료를 정말 많이 활용하는 축에 속한다.

우리가 보통 향신료라고 인식하지 못하는 마늘과 생강도 향신료다. 유럽의 경우 마늘 한 톨만 정성스레 진공 포장해 판매하기도 한다. 오죽하면 마늘과 고추를 넣고 볶은 파스타, 알리오 올리오도 사실은 1인분에 마늘 세 톨 정도 들어가는 것이 정석이다. 우리나라 사람들은 어떤가. 육쪽마늘 하나를 통째로 편 썰어 넣을 기세다. 굳이 알리오 올리오가 아니더라도, 웬만한 파스타마다 마늘을 듬뿍 넣어 볶는다.

하긴, 우리가 어떤 민족인가. 단군의 후예, '마늘과 쑥'의 민족이 아니던가. 쑥도 향채이므로 향신료의 일종이라 할 수 있다. 전 세계에서 우리나라 사람들만 먹는다는 깻잎은 또 어떤가. 고깃집에서 상추와 함께 빠져서는 안 될 향채다. 가끔은 깻잎이 메인 같은 순대볶음의 주재료인 마늘, 고춧가루, 들깻가루 역시 전부 향신료다. 추어탕에 넣는 산초나 방아잎, 칼국수와 샤브샤브에 올리는 미나리가 넘쳐 흐르는 이곳… 향신료 천국이로다.

　여기에 고추가 빠지면 섭섭하다. 최근 몇 년 사이 외식 산업의 규모가 대폭 커지면서, 대체로 음식 맛이 맵고 짜고 달아졌음을 심심찮게 느낀다. 그중에서도 매운맛의 인기란 실로 어마어마하다. 예전엔 음식들이 이렇게까지 맵지 않았는데. 모든 사람들이 정말 매운 걸 먹으면서 스트레스를 푸는 건지, 아니면 그냥 매운 음식을 먹는 게 일상이 된 건지. 해도 해도 너무 매워서 진땀 뺀 적도 한두 번이 아니다. 캡사이신과 후추가 혀를 마구 때리는 '엽기떡볶이'부터 계속해서 매운맛을 업그레이드 중인 '불닭볶음면'까지. 세상에는 계속해서 새로운 매운맛이 나오고 있다. 집집마다 꼭 갖추고 있는 청양고추도 매운맛을 담당하는 조상님급 향신료다.

이쯤 되니 우리가 생소하게 느끼는 향신료는 결국 평소에 자주 접해보지 못한, 즉 한식에 잘 쓰지 않는 것들이라는 결론이 나온다. 어쩌다 양식에 곁들여 나오는 로즈메리나 민트, 타임, 딜 등의 각종 허브 역시 장식이라 생각해 빼고 먹기 일쑤다. 허브는 결코 장식으로만 접시 위에 존재하지 않는다. 함께 먹을 때 어우러지는 맛 궁합이 있는 것이다.

세계 5대 진미 중 하나라는 태국의 똠얌꿍도 호불호가 갈리는 대표적인 음식이다. 여기서 호불호를 유발하는 요소는 바로 고수, 바질, 레몬그라스, 카피르 라임잎 등 '상큼한 향의 허브'인데, 우리나라의 경우 매콤한 탕에서 유독 레몬그라스와 라임잎의 싱그러운 향이 나는 것을 잘 받아들이지 못하는 이들이 많다.

분명한 사실은, 미각 또한 훈련된다는 것이다. 다양한 식재료와 새로운 음식을 맛볼수록 혀끝의 감각이 열리기 시작한다. 단맛, 짠맛, 쓴맛, 신맛, 매운맛의 기본적인 분류에서 조금 더 섬세하게, 음식에 자잘히 쌓인 결을 느낄 수 있게 되는 것이다. 단순히 호불호를 떠나 맛의 경험치를 쌓는다고 해야 할까. 물론 요즘 국내 외식업계를 평정한 맵고 짜고 단 음식 혹은 MSG에 길들어 있으면 입맛을 찾아가는 여정이 꽤나 힘들 테지만.

어느 순간부터 음식을 먹을 때 '실패하지 않으려는' 경향이 강해졌다. SNS도 한몫했을 것이다. 개개인의 입맛은 다 다른데도 제삼자가 남긴 후기에 의지하고, 주변에 의견을 묻고 또 맹신한다. 식당에 들어가면 메뉴판을 제대로 읽어볼 생각 없이 곧장 "어떤 메뉴가 가장 맛있나요?" 직원에게 묻는다. 미각 경험을 곧 모험으로 연결하는 것이다. 모험 좋지. 하지만 여기서 짚고 넘어갈 건 '나의 취향'은 배제되어 있다는 점.

생소하다고 해서 어렵게 생각하지 말고, 나의 취향과 경험을 쌓는다고 생각하면 어떨까. 물론 음식을 먹고 나서 평가를 할 때 기본적으로 작용하는 절대적인 기준도 있겠지만, 상대적인 개인의 입맛이 더 크게 작용한다. 다들 끔찍하다고 하는 파맛 첵스(파 또한 향채다.)가 의외로 내 입에는 꿀맛일 수도 있지 않은가. 내가 가진 편견을 내려놓고, 보다 너그러운 마음으로 음식을 대해보자. 훨씬 더 넓은 미각의 세계가 당신을 기다리고 있다. 직접 맛보고 알려 하지 않으면 평생 느껴보지 못할 맛들이 도처에 널렸다.

향신료 카레를 만들면서 일종의 사명감을 느낀다. 드시는 분 모두 향신료 카레를 통해 새로운 미각의 세계를 만날 수 있길 바라며.

모든 카레에는 고수가 들어간다

내가 만드는 카레에는 고수가 올라가는 경우가 제법 많다. 카레의 특성에 따라 고수가 어울린다 싶으면 꼭 고수를 곁들여서 그렇다. 고수를 드시지 않는 손님에게는 딜이나 민트, 쪽파 등 다른 향채로 대체한다.

우리 가게 손님들은 유독 고수를 잘 드시는 분들이 많은 편이다. 다른 식당의 경우 보통 열에 여덟은 고수를 빼달라고 한다는데, 우리 가게는 반대로 열에 여덟은 고수를 넣어달라고 한다. 고수를 좋아하는 분들의 특징이라면 꼭 "많이 주세요."라는 요청을 덧붙이신다는 것. '고수 러버'에게 중간은 없다. 나도 쌀국수를 먹을 때면 거의 '고수 국'을 만들어 먹고, 안초비 파스타에 이탈리안 파슬리 대신 고수를 얹기도 한다. (강력 추천!) 아예 고수 페스토를 만들어 샌드위치나 파스타에 활용할 정도로 좋아한다. 이렇듯 고수를 많이 달라고 하는 그 마음을 알기에, 나도 손님을 따라 웃으며 카레에 고수를 듬뿍듬뿍 얹어 내간다.

"고수 많이 주세요!" 하는 분들이 항상 웃으며 말씀하는 반면, 고수를 못 드시는 분들은 늘 질색하며 고수를 빼달라고 하신다. 고수를 못 먹는 사람들이 표현하는 고수의 맛은 몹시 다채롭다. 비누 맛, 화장품 맛, 주방세제 맛 등등. 여하튼 사람이 먹을 수 있는 맛이 아니라는 거다. 고수에서 그런 강력한 향을 느끼는 건 유전자의 영향이라고도 하니, 어쩔 수 없는 일이다.

고수 불호자들에게는 어쩌면 청천벽력 같을 소식. 우리가 늘 먹는 대부분의 카레에는 고수가 들어간다. (제목은 약간의 낚시가 되겠다.) 말도 안 된다고 생각할 수도 있겠다. 보통 카레에 들어가는 향신료 하면 강황을 가장 먼저 떠올릴 테니. 아마 우리나라에서 오랫동안 소비된 카레가 유독 강황을 많이 넣어 노란빛을 띠기 때문일 것이다. 국내 대표 레토르트 카레 브랜드인 오뚜기의 상징색이 노란색인 것도 한몫하지 싶다.

여전히 의구심을 품을 당신에게 권한다. 조만간 마트에 가게 된다면 카레 코너에 한번 가보시라. 레토르트 카레나 카레분, 고형 카레 뒤에 붙은 영양성분표 속 원재료명을 잘 살펴보자. 함유량이 높은 것

일수록 앞쪽에 쓰여 있다. 시판 카레는 카레에 점성을 더하기 위한 밀가루나 식물성유지가 대부분이고, 설탕과 소금도 생각보다 많이 들어간다. 향신료는 대체로 이 세 가지 재료 다음에 쓰여 있는데, '고수' 혹은 '고수분'이 빠지는 카레는 없다. '코리앤더'라고 표기된 경우도 있다. 한마디로 고수는 카레의 기본이 되는 향신료다.

　　다만 카레 페이스트를 만드는 고수는 흔히 먹는 것과는 조금 다르다. 동그란 고수의 씨를 건조했다 빻아 쓰는데, 고수 이파리만큼 냄새가 강하지는 않지만 어쨌든 고수의 일부분이므로 품고 있는 향도 결이 같다. 고수잎보다는 조금 더 향긋하다고 해야할까. 고수의 씨앗과 잎줄기는 쓰임새가 다르기 때문에 명칭도 다르게 붙는다. 전자는 코리앤더, 후자는 실란트로다. (미국식 영어에서 구분하는 방법이다.)

　　앞서 설명한 이유로, 가끔 손님에게 질문을 받을 때면 조금 난감하기도 하다. "카레에는 고수가 안 들어가지요?" 원칙상 해야 하는 대답은 이렇다.

　　"고수가 들어가지 않는 카레는 없습니다. 저희

카레 또한 여러 종류의 천연 향신료를 조합해 만들기에 고수가 들어가지만, 생각하시는 향채 고수와 달리 씨앗을 건조시킨 것을 가루로 빻아서 카레 페이스트로 만들어 씁니다."

하지만 어떻게 매번 이렇게 설명하겠는가. 손님이 말하는 고수는 고명 향채로서의 고수이기에, 그럴 땐 안 들어간다고 대답하면 그만이다.

사실 더 솔직해지자면, 그런 의미에서 진짜로 고수가 들어가는 카레가 있긴 하다. 우리 가게에서는 태국식 그린 카레를 만들 땐 고수의 잎과 줄기는 물론이고 뿌리까지 통째로 갈아 페이스트를 만든다. 그린 카레의 초록색은 바질이나 레몬그라스보다도 그린 칠리와 고수로부터 오는 색인 것이다. 그리고 인도식 미트볼, '코프타'에도 다진 고수와 민트가 들어간다. 향신료로서의 고수(코리앤더)가 아닌, 정말 향채로서의 고수(실란트로)를 쓰는 것이다. 혹시나 고수맛이 너무 진하게 느껴진다고 먹다가 멈추는 분들이 있을까 조금 긴장했는데, 다행히 그런 일은 없었다.

내가 고수 얹은 카레를 처음 접한 건 출장차 도쿄에 갔을 때였다. 대부분의 스파이스 카레집은 메뉴판에 고수 추가 옵션(150엔 정도가 추가된다.)을 두고 있었다. 고수를 좋아하는 나로서는 참으로 반가울 수밖에 없었다. 고수 추가가 가능한 카레집에서는 꼭 추가해 먹었는데, 그중에서도 다진 고기로 만드는 드라이 키마 카레와 고수는 오랜 영혼의 단짝 같았다. (일본에서는 고수를 태국어 '팍치'에서 따와 '파쿠치'라고 부른다. 처음엔 '파쿠치'가 무엇을 뜻하는지 몰라 구글 번역기를 돌렸는데, 자꾸만 축구선수 박지성이 나오는 거다. 인스타그램 해시태그로 검색해 겨우 고수임을 알았다는 에피소드.)

그때의 기억을 되살려, 실제 고수를 곁들이는 드라이 키마 카레를 처음 시도했다. 지금도 우리나라 기준으로는 다른 가게보다 고수를 많이 쓰는 편이지만, 가게를 오픈했을 즈음엔 고수를 얹어주는 카레집이 극히 드물었다. (그 시기에 드라이 키마 카레를 판매하는 곳 또한 거의 없었다.) 심지어 인도 카레집이나 네팔 카레집 등을 찾아가도 고수를 추가할 수는 없었다. 그나마 태국 카레를 판매하는 태국 음식점에서나 가능했다.

　반응은 폭발적이었다. "카레랑 고수가 이렇게 잘 어울리는 줄은 몰랐어요!"

　시간이 지나 고수를 올리는 카레를 몇 종류 더 선보이고 나서 또다시 키마 카레를 할 때면 "역시 키마 카레랑 고수가 가장 잘 어울리네요." 하는 이야기를 듣기도 했다.

　영광스럽게도, 우리 가게의 카레를 통해 고수를 먹을 수 있게 된 분도 있다. 흔한 쌀국수집에 가도 늘 고수를 빼고 드셨던 손님은, 어느 날 문득 '사장님이 카레에 고수를 추가할 수 있도록 한 건 뭔가 그럴 만한 이유가 있지 않을까?'라고 생각했다고 한다. 그렇게 처음 고수를 얹은 카레를 먹고 나서, 그 손님은 자칭 '고수 덕후'가 되었다. 신기하기도 하고, 고수를 좋아하는 사람으로서 뿌듯한 순간이기도 했다. 가게에서 쓰는 고수가 다른 것에 비해 유독 잎이 부드럽고 향도 강하지 않은 편인데, 그래서 초심자가 도전하기에 좋았던 점도 있었을 것이다.

　그런데 잠깐. 고수를 먹지 못하는 건 분명 특정

향이 느껴지는 유전자 때문이랬는데, 고수를 먹지 못하다가 먹을 수 있게 된 경우는… 어떻게 설명할 수 있을까?

무국적 향신료 카레

"이건 어느 나라 카레예요?"

종종 받는 난감한 질문이다. 인도식인 버터 치킨 카레나 팔락 파니르, 달 카레, 또는 태국식 그린 카레만 해도 국적이 명확한 편이다. 하지만 키마 카레 정도만 되어도 설명하기가 조금 애매해진다.

키마 카레에서 '키마'는 힌두어로 '고기를 갈았다'는 뜻이다. 인도에서 기원한 이 카레는, 소를 숭배하는 힌두교인들이 먹기 때문에 돼지고기를 사용해 만든다. 하지만 우리가 정통 인도 음식으로 알고 있는 버터 치킨 카레 같은 북인도식 음식들은 사실 무굴제국과 식민지 시기를 거치면서 만들어진 것들이며, 요즘 북인도 사람들은 유제품까지만 섭취하는 채식 인구가 대부분이다. 돼지고기로 만드는 키마 카레조차 인도 현지에서는 잘 먹지 않는다는 얘기다. 그런 키마 카레가 일본으로 넘어가면서 쓰는 고기의 종류가 달라졌다. 돼지고기와 소고기를 섞어 쓰거나 혹은 소고기만 쓰는 등 집집이 다양해진 것이다.

나의 경우 돼지고기에 비해 기름기가 적은 소고

기를 선호했기 때문에 처음에는 다진 소고기로 만드는 키마 카레를 시그니처 레시피로 삼았었다.(이후로는 돼지고기만 쓰기도 하고, 소고기와 돼지고기를 믹스하는 등 자유롭게 쓰고 있다.) 소고기로 만든 키마 카레는 좀 더 담백하고 진한 풍미가 있다.

따라서 우리 가게 키마 카레만 하더라도 "어느 나라 카레인가요?"라는 질문을 받으면 대답이 길어질 수밖에. "키마 카레는 본디 인도식 카레인데요, 키마가 힌두어로 고기를 갈았다는 뜻이에요. 그런데 힌두교인들은 소고기를 안 먹거든요. 원래는 돼지고기만 써야 하는데 이 카레는 소고기로 만들고 있어요…."

길긴 하지만 명확히 대답할 수 있는 게 어딘지 싶다. 그러나 사실 내가 만드는 대부분의 카레는 국적 불명에 가깝다. 딱히 어느 나라 카레인지 생각하고 만든 게 아니라, 내 방식대로 향신료와 재료를 조합해서 만든 카레이기 때문이다.

'무국적 스파이스 카레'라는 말은 일본에서 처음 만들어졌다. 일본에서 개인이 하는 작은 카레집들 대부분은 각자 고유한 개성이 넘치는 향신료 카레를 선보인다. '스파이스 카레'에는 시판 카레 루를 쓰지 않고 직접 천연 향신료를 배합해 카레를 만든 다는 의미도 담겨 있다. "밀가루, 시판 카레를 사용하지 않았습니다."라는 문구를 크게 써 붙인 곳도 있다. '무국적'이란 카레가 주식이 아닌 나라에서 자체적으로 만든 향신료 카레를 통칭하는 편의적 표현이지만 앞으로도 얼마나 다양한 카레가 탄생할 수 있는지에 대한 가능성도 함축하고 있는 셈이다.

　　우리 가게에서 전반적으로 풍기는 분위기를 보고 일본식 루 카레나 크림 카레를 팔지 않을까, 어림짐작하는 분들도 있다. (애석하게도 인스타그램 위치 정보에 '일본 음식점'이라고 되어 있는데, 이는 내가 설정한 것이 아님을 밝힌다.) 문을 열고 대뜸 "일본식 카레집인가요? 그러면 돈가스 카레도 파시나요?"라고 물어보는 분들도 있고, 지나가던 근처 일식집 아저씨가 "나도 일본에서 공부했어요!"라며 반갑게 인사를 건네기도 한다. 우리 가게에선 튀김이 올라가는 일본식 카레를 만들지 않고, 나는 일본에서 유학 생활을 한 적도 없다. 그저 토종 한국인이 만드는 무국적 향신료 카레 가게랍니다.

향신료 카레를 주로 만들자고 결심한 데 거창한 이유가 있진 않다. 다만 이왕 할 거면 천연 향신료를 써서 제대로 해보고 싶었다. 일본식 루 카레도 물론 좋아하지만, 일본식 카레 전문 체인점을 제외하고도 개인이 하는 일본식 카레집이 우후죽순 생겨나던 시기여서 그것만큼은 피하고 싶었다.

하지만 아무것도 모르는 상태에서 무작정 향신료 카레를 만들 수는 없었다. 가게를 열고 나서도 수십 권의 책을 일일이 번역해서 보고, 동영상을 찾아보기도 하고, 카레 출장을 가서 향신료 카레만 하루에 몇 끼씩 연달아 먹기도 했다.

무얼 하든 성장하는 단계에 역치가 있기 마련이다. 꾸준히 한 가지 일을 하며 그 역치를 넘는 걸 힘들어했건만, 업으로 삼아 어쩔 수 없는 강제성을 바탕으로 계속해서 공부하고 만들어보니 어느 순간부터 감이 잡히기 시작했다. 요즘에는 책을 참고하지 않고, 머릿속의 밑그림을 토대로 여러 향신료를 내 방식대로 조합해 카레를 만들고 있다.

쓰는 향신료의 양이 많아지면서 단골손님들의 입맛도 함께 성장한 것 같은 느낌이 들 때가 있다.

카레마다 개성이 너무 강해서 조금은 대중적인 메뉴를 했으면 좋겠다는 평을 듣고, 나 역시 대중에게 평가받는 경영자의 마인드로 고려해본 적이 없지 않다. 고민이 깊던 시절, 한번은 대중적인 새우 크림 카레를 천연 향신료 카레로 만들어 메뉴에 올려보기도 했다. 그러나 예상 외로 기존의 생소한 카레에 비해 인기가 덜했다. 새우 크림 카레는 굳이 이곳까지 찾아오지 않아도 먹을 수 있기 때문인 듯했다. 차츰 향신료 카레에 대한 확신이 생겼다.

비록 '무국적 스파이스 카레'라는 단어 조합은 일본에서 만들었을지언정, 그러한 카레들이 일본만의 것이라고 할 수는 없다. 그동안 내가 만들어왔고 또 만들어갈 무궁무진한 카레가 있는 한, 지금도 그렇고 앞으로도 향신료 카레의 스펙트럼은 계속해서 넓어질 것이다. 굳이 어느 지역의 카레라고 근원과 전통을 주장하지 않아도, 그 자체로 음미될 향신료의 수많은 조합은 상상만으로도 아름답다.

카레는 비빔밥이 아니다

.

카레를 먹는 방법에 대해 생각해본 적 있는가? 카레를 먹는 데 특별한 방법이랄 게 있나, 대수롭지 않게 생각할 사람들이 더 많을 것 같다.

'카레 먹는 방법' 하면 불현듯 인도의 식사법이 떠오른다. 인도인들은 숟가락이나 포크를 일절 쓰지 않고, 오른손만을 이용해 밥을 먹는다. 인도식 백반이라고 할 수 있는 탈리는 여러 종류의 카레와 요거트를 포함한 반찬들이 담긴 작은 종지들을, 밥 혹은 인도식 밀 전병 로티와 함께 아주 커다란 쟁반에 놓는다. 혹은 카레를 끓인 솥을 그대로 테이블 한가운데 두고, 각자 접시에 먹을 밥을 푼 후 그 위에 카레를 한 국자씩 끼얹는다. 그리고 오른손을 이용해 살짝 뭉치듯 밥에 카레를 묻혀 먹는다. 밥과 카레만 먹는 경우에도, 둘을 한 그릇에 플레이팅하기보다는 따로 세팅하는 것이 정석이다. 찰기 없이 흩날리는 밥이 카레와 미리 섞이지 않도록 하고, 개개인에 따라 밥과 카레의 비율을 달리할 수 있도록 하는 배려가 아닐까.

이번엔 태국의 카레 노점으로 가보자. 비닐봉지에 카레를 담아 가는 이들도 있고, 노점 옆 플라스틱 의자나 건물 벽 앞에 앉아서 식사하는 이들도 보인다. 그린 카레처럼 아주 묽은 카레를 국밥처럼 밥 위에 끼얹는다. 숟가락으로 밥과 카레를 한술에 떠먹는다.

점도가 상당한 루 카레의 중심지인 일본은 어떨까. 그릇 하나에 밥과 카레를 함께 놓더라도, 그 경계를 분명히 한다. 경양식 카레집의 경우 카레를 밥 위에 듬뿍 부어주지만, 소스가 부어져 나온 밥을 굳이 비비지 않고 그저 떠먹는다. 고슬고슬하게 다진 고기가 소복이 얹어진 드라이 키마 카레도 마찬가지. 플레이팅된 원형 그대로를 유지하며 먹는다. 심지어 그들은 카레 먹는 전용 숟가락까지 개발할 정도로 '카레를 맛있게 먹는 법'을 신경 쓰고 있다.

그럼 우리나라는? 사람에 따라 다르지만, 내가 가게를 하면서 알게 된 바로는 비빔밥처럼 먹는 이들이 정말, 많다. 비빔밥이란 표현을 쓴 데는 이유가 있다. 조금씩 비벼가며 먹는 것이 아니다. 그릇 위에 흰 쌀밥이 보이지 않게 전체를 골고루 비빈 후 식사를 하는 것이다.

이에 대해서는 마치 탕수육 '찍먹파'와 '부먹파'처럼 의견이 분분하다. 말하자면 '떠먹파'와 '비먹파'라고 해야 할까. 전자는 '떠먹는 파', 후자는 '비벼 먹는 파'다. 어릴 때 습관에서 이어진 경우가 대부분이라, 서로서로 신기해하는 모습을 종종 볼 수 있다.

오사카에서 가장 오래되었다는 모 카레집에서는 아예 카레를 밥과 비벼서 내어주기도 한다. 하지만 대부분의 카레집에서는 카레를 비벼 먹는 모습 자체를 볼 수 없다. 비벼준다는 개념을 특이하게 생각할 정도니까. 사실, 음식을 비벼 먹는다는 것 자체가 우리나라에서만 통용되는 식사법이기도 하다. 일본은 물론이고, 인도나 태국에 가서 카레 전체를 밥과 골고루 비벼 먹으면 아마 음식을 조리하는 사람과 서버들은 물론이고 옆자리 손님들까지 경악할지도 모르겠다.

결론부터 이야기하자면, 카레는 비벼 먹는 음식이 아니다. 어릴 적 엄마가 카레를 골고루 비벼주었던 것은 채소 건더기를 골고루 먹게 하기 위해서였고, 더불어 밥과 카레를 비비면서 온도를 조금 낮출 수 있었기 때문이다. 어린아이가 아닌 이상, 카레를 한꺼번에 비벼놓고 먹을 이유는 없다. 물론 사람마다 취향이나 입맛에 따라 조금씩 다른 방법을 취할 수도 있지만, 카레는 '떠서' 먹는 것이 정석이다. 정확히 말하자면 밥에 카레를 조금씩 곁들여 먹는다고 해야 할까.

카레 가게에 가면 종종 "비비지 말고 떠서 드세요."라는 문구를 발견할 수 있다. (앞으로 카레 가게에 가게 된다면 한번 살펴보시라.) 나 또한 아주 적극적으로 이야기하진 않지만, 기본적으로 안내하고 있는 사항이다. 종종 카레 그릇을 내려놓자마자 숟가락으로 열심히 비비는 손님들을 보면 얘기를 해야 하나 내심 괴롭기도 하고, 안타깝기도 하다. '아, 저렇게 먹으면 맛이 덜한데….' 하고. 마치 층층이 요소와 식감이 나뉜 케이크를 포크로 열심히 뭉개 뒤섞는 모습을 바라봐야 하는 파티시에의 마음 같은 것이다.

이쯤 되면 그게 그렇게 중요한가 싶기도 할 것이다. 어차피 입에 들어가면 똑같지 않냐고. 배 속에 들어가면 똑같을진 몰라도, 입에서는 다르다. 팥빙수 먹을 때를 생각해보자. 빙수의 얼음과 팥 부분을 조금씩 떠서 먹는 것과 애초에 내용물을 모두 섞어놓고 먹는 것. 둘의 맛과 식감엔 분명한 차이가 있다. 카레의 경우도 마찬가지다.

카레를 먹는 정도(正道)라고 못 박을 것은 없지만, 분명한 건 비빔밥처럼 비벼 먹는 게 특별히 좋은 방법은 아니라는 것이다. 당신이 '비먹파'였다면, 평소와는 다른 방법으로 카레를 먹어보는 건 어떨까. 떠서 먹다가 막판에 카레를 추가해 남은 밥은 비벼 먹거나, 한술씩만 비벼 먹는 등. 이런 다양한 방식으로 먹다 보면 본인에게 가장 맛있는 방법을 찾을 수 있을 것이다.

메뉴판 상단에 늘 써놓는 문구를 첨부해본다. 카레 맛있게 먹는 법: 모든 카레는 절대로 전체를 한 번에 비비지 말고, 조금씩 (비벼) 떠서 드세요. (비빔밥 아님!)

어디서 카레 냄새 안 나요?

"야, 인도 사람들은 정말 매일같이 카레 만들어 먹더라. 옆집 사는데도 카레 냄새 대박이야."

호주에 오래 살다 온 친구가 했던 말이다. 당시의 나는 카레를 만들 때만 냄새가 나지, 몸에 카레 냄새가 밴다고는 미처 생각하지 못했다. 인터넷에서 카레를 한 달 내내 만들어 먹었다는 사람이 몸에서 카레 냄새가 풍기기 시작했다고 쓴 글을 보고도 믿어지지 않았다. 매일 김치 먹는다고 해서 몸에서 김치 냄새가 나지는 않으니까. 혹시 글쓴이가 매일 샤워를 하지 않은 건 아닐까, 속으로 의심하기도 했다.

그렇다면 진실은 어디에. 몸소 체험한 산증인인 내가 밝히고자 한다. 카레를 매일 만들거나 매일 만들어 먹으면 정말 몸에서 카레 냄새가 난다. 아무리 열심히 씻어도 말이다. 특히 손끝에서 나는 카레 냄새는 무슨 수를 써도 지울 수가 없다.

집과 가게의 거리가 꽤 되는 터라 대중교통으로 출퇴근을 하고 있다. 지하철과 버스 둘 다 이용한다. 출근할 때는 괜찮지만, 문제는 퇴근할 때다.

"어, 카레 냄새 난다."

저들끼리 속삭이면서 지나간다. 민망하고 움츠러들 수밖에 없는 순간이다. 가게에서 쉬는 시간마다 양파를 볶고 향신료를 넣어 페이스트를 만들기 때문에, 퇴근길에는 어김없이 듣는 소리다.

솔직히 처음에는 잘 몰랐다. 온종일 가게에 있기 때문에 냄새에 조금 무뎌졌던 터. 문을 열고 들어오는 손님마다 "카레 냄새 너무 좋다!" 하시는 걸 들으며 방금 카레를 데워서 그런가 보다 정도로만 생각했다. 한 손님은 "역에서 내려서 걸어 올라오는데 길에서 카레 냄새가 나기 시작해서, 잘 찾아가고 있구나, 생각했어요."라고 말해주기도 했다. 카레 냄새, 이렇게 강력했던가.

사실 나의 경우엔 아침에 출근하면서 가게 문을 처음으로 열 때, 그때만 가게에 밴 카레 냄새를 맡을 수 있다. 강하지는 않고 은은하게, 그러나 곳곳에서 풍겨 나온다. 고요한 그 순간은, 가끔씩 미술학원에 다니던 학생 시절을 환기시킨다. 아무도 오지 않은 미술학원의 문을 처음으로 열고 들어갔을 때만 맡을 수 있는, 종이에 물감과 연필심이 스며들며 밴 특유의 냄새. 스케치북을 펼쳐 코를 대고 킁킁 맡을 때만 느껴지는 그 냄새가, 밤새 아무도 없던 공간의 문을 열 때면 자연스럽게 풍겨왔다. 오픈 준비로 분주한 카레집의 아침엔 이렇게 종종 화구통을 맨 학생이 한참 서성이다 간다.

카레를 먹으러 온 사람들에게는 그 냄새가 반갑고 설레겠지만, 대중교통에서는 이야기가 다르다. 대중교통 공간 속 음식 냄새는 좋든 싫든 견디기 힘든 부분이 있기 때문이다. 누군가 갓 튀긴 치킨을 포장해 들고 타면 '부럽다.' 생각하고, 귤 종류를 까 먹으면 '냄새 좋다!' 생각하겠지만, 카레는 불쾌감이 클 것 같다. 특히 양파를 볶고 나면 숯불갈빗집에서 저녁을 먹은 사람보다 더 냄새가 날 정도니.

한번은 엄마랑 지하철로 퇴근할 때 마주 보고 앉은 적이 있다. 갑자기 엄마가 날 보고 숨죽여 웃음을 참길래 내려서 왜 그랬는지 물었다. "아니, 네가 딱 앉는데, 옆에 앉아 있던 아줌마가 눈을 번쩍 뜨더니 코를 벌렁벌렁하면서 주변을 막 두리번거리잖아…."

양파 농가를 돕기 위해 제작된 유튜브 콘텐츠 '백종원 만능 양파' 영상이 유행했을 때, 양파를 매일같이 볶는 일을 하고 있기에 자연스레 관심이 갔다. 나의 경우 카레 페이스트로 쓰기 위한 것이기 때문에 향신료 기름을 내어 대용량으로 양파를 볶고, 만능 양파 영상에서 알려주는 것보다 훨씬 더 진한 갈색이 돌도록 충분히 볶은 후 가루 향신료를 더해 마무리한다. 그에 비하면 만능 양파는 정말 기본적인 양파 볶기다. 하지만 영상에서 쓰는 양파는 10kg이나 된다. 일반 가정에서 볶기에는 분명 많은 양이다. 과연 이걸 도전하는 사람이 있을까? SNS를 돌며 검색해봤다. 놀랍게도 꽤 많은 사람이 양파 볶기를 시도했더라. 가정용 화구이기에 시간이 훨씬 오래 걸렸다는 후기가 대부분이었다. (백종원 스튜디오에서 쓰는 화구는 업소용이다.) 그리고 무엇보다 냄새가 엄청나다는 이야기가 많이 보였다. 썰고 볶는 과정에서 눈이 아프고, 볶는 내내 냄새도 심해서 절대 자주는 하지 못할 것 같다고. 아이를 키우는 집에서는 아이가 '양파 요리 금지, 지독한 냄새, 어길 시 벌금 만원'이라고 크게 써 붙이기도 했단다.

퇴근길에 매번 날 움츠려들게 했던 냄새의 정체가 바로 이 양파 볶음이다. 비록 파급력이 굉장할지언정, 이상한 냄새는 아니고 맛있는 냄새다. 집 구석구석은 물론이고 머리부터 발끝까지 맛있는 냄새를 풍기게끔 하고 싶은 분, 그리고 평소에 요리에 관심이 있는 분이라면 한 번쯤 양파 볶음을 시도해봐도 좋겠다. 너무 적은 양은 오히려 제대로 농축하기 힘들고, 가정용 화구로는 3~5kg 정도의 양을 잡는 게 좋다. 양파는 다지기보다는 아주 얇게, 물기가 나오지 않도록 슬라이스하는 것이 좋다. 이때 매운기로 인해 1차 눈물을 흘리게 된다.

팬에 100ml 정도의 기름을 넉넉히 두르고 중간 불과 센 불 사이에서 양파를 볶기 시작한다. 양파는 한꺼번에 넣어 숨을 팍 죽이는데, 초반에는 너무 자주 뒤적이지 않아도 된다. 양파의 숨이 죽고 물이 나오기 시작하면 본격적인 레이스가 시작된다. 양파는 숨이 죽기 전까지 매운맛을 내는데, 1차 시기에 눈물을 흘리지 않은 이라면 이 2차 시기에 눈이 매울 수 있다.

그리고 한 가지 더. 양파도 수분을 빼지만 볶는 사람도 진땀을 뺀다. 여름엔 땀으로 샤워할 게 분명하니 웬만하면 추운 겨울에 도전할 것을 권한다.

당연한 말이지만, 절대로 양파가 타선 안 된다. 양파가 노르스름한 빛을 띠기 시작하면 슬렁슬렁 움직이던 손을 빠르게 놀려 부지런히 볶아줘야 한다. 양파가 냄비 혹은 솥에 눌어붙기 시작하면 불을 조금 줄인다. 3분의 1 정도로 양이 줄어들고, 양파 볶음은 캐러멜색이 된다. 여기서 멈추지 말고 분명한 갈색이 될 때까지 쉬지 않고 볶는다.

고생스럽지만 이 양파 볶음을 완성하고 나면 뿌듯하기 그지없다. 사워도우를 얇게 잘라 양파 볶음과 물기를 바싹 날린 버섯을 얹어 타르탱을 만들어 먹어도 맛있고, 양파 수프를 만들어도 좋다. 키슈를 구울 때도 이 정성 가득한 양파 볶음은 필수다. 하물며 카레에 넣으면 얼마나 맛있겠는가. 그래서 내 카레에 필수불가결한 재료다.

솔직히 이 양파 볶음은 그냥 먹어도 맛있다. 양파 볶음이 완성되었는지 여부는, 색깔뿐만 아니라 맛을 보면 분명히 알 수 있다. 설탕과는 차원이 다른 깊은 풍미의 단맛이랄까. 뭐든 농축되면 맛있을 수밖에 없지. 파일명으로 비유하자면 '양파.zip'이라고 할 수 있겠다.

이토록 진한 냄새를 나는 자주 잊는다. 양파나 향신료를 볶을 때 냄새보다도 팔목과 손가락 관절 마디마디, 어깨, 다리에서 느껴지는 고통이 더 커서 그랬던 걸까. 집이라도 가까우면 좋으련만. 출퇴근에 편도로 한 시간이 걸리다 보니 그저 그날그날 퇴근길에 만나는 익명의 사람들에게 미안할 뿐이다. 민감성 피부라 탈취제도 뿌리지 못한다. 그런 퇴근길의 나는 한마디로 걸어 다니는 '카레.zip'이다.

그나마 요즘은 코로나 때문에 모든 사람이 마스크를 쓰고 다녀서 다행이다. 퇴근길에 카레 냄새가 난다는 이야기를 안 들은 지 한참 되었다.

우연인 듯 필연인 듯

카레 만드는 일을 업으로 삼기 전, 오사카에 여행을 간 적이 있다. 이름하여 퇴사 여행 겸 '해투' 관람을 위한 여행. 여기서 해투란 해외 투어 콘서트의 약자다. (덕질하는 이들 사이선 흔히 '해투 돈다'고 표현한다.) 내가 아이돌에 가장 미쳐 있던 시절이었다. 당시 회사에 입사한 지 얼마 되지 않았는데도 여긴 절대 오래 다니면 안 되겠다, 1년만 채우고 나가야지 생각했었다. 좋아하는 아이돌의 해투 일정이 뜬 것은 출근한 지 두 달 즈음이었다. 그때 결심했다. 내 퇴사 여행은 이때가 되겠구나.

시간은 흘러 어느덧 출근한 지 10개월 차의 어느 날. 내 결심은 그사이 더욱 굳건해졌다. 딱 두 달만 더 채우면 퇴직금도 받을 수 있었건만 한시도 지체하지 않고 오사카행 비행기와 숙소를 예약했다. 퇴사 직전 면담을 할 때, 어떻게든 날 붙잡으려는 상사에게 말했다. "저 비행기 티켓팅해놨는데요." 그 직장을 다니던 모든 순간 중 가장 통쾌했다. 그렇게 입사한 지 10개월 만에 퇴사했다. 후후. 기다려라, 오사카. 내가 간다.

흥미로운 건 오사카에 당도하자마자 먹은 첫 번째 음식이 다름 아닌 카레였다는 사실이다. 당시만 해도 카레와 이리도 깊은 연을 맺을 줄은 상상도 못 했는데. 전말은 이러했다. 친절하게 마중을 나온 에어비앤비 호스트와 짧은 대화를 나눴고, 무슨 음식이 먹고 싶냐길래 대뜸 카레라고 대답한 것. 호스트는 카레…? 하면서 대놓고 의아해했다. 일본의 주방이라 불리는, 온갖 미식 요리가 즐비한 오사카까지 와서 왜 하필 카레를 찾는 건지 도통 이해하지 못하는 눈치였다. 사실 나도 왜 그랬는지 잘 모르겠다. 이제 와서 보니 그렇네. 그때 왜 그랬지.

결국 괜찮은 카레집은 추천받지 못하고, 달랑 한 권 들고 간 가이드북에 숙소 근처 맛있는 카레집 하나가 소개되어 있어 그곳을 찾느라 우메다역을 뺑뺑 돌고 돌았다. 철도 민영화로 역 하나에 회사마다 다른 노선이 지나가고 출구는 수십 개가 있는 동네다. 그땐 어려서 뭣도 모르고 열심히 발품을 팔았는데, 지금이라면 글쎄. 찾는 걸 포기하고 아무 가게나 들어가서 허기를 채웠을 것 같다.

고생 끝에 도착한 카레집은 예상과 달리 백화

점 지하 식품관과 연결된 역사 내 작은 식당이었다. 작은 정도가 아니라 아주 비좁았다. 비프 카레 딱 한 종류만 판다고 했다. 사이즈는 스몰과 미디엄 두 가지. 교토에서 이동해온 날이라 피곤하기도 했고, 이곳을 찾느라 역 안에서만 5천 보는 걸었던 것 같으니 당연히 미디엄 가야죠. 당당하게 미디엄을 주문하고, 바로 카레를 받았다.

그런데 뭔가 이상했다. 양이 해도 해도 너무 많았다. 기본적으로 접시도 큰데, 담긴 밥이 말 그대로 산더미 같았다. 두 공기 반 정도를 꾹꾹 눌러서 담으면 이 정도 나오려나. 이후 들어오는 손님들이 어떻게 주문하나 지켜봤는데, 내가 식사를 하는 내내 미디엄 사이즈를 주문하는 사람은 단 한 명도 없었다. 심지어 손님들 대부분이 직장인 남성이었다. 아무튼 이를 어쩜. 마침 배가 고프기도 했고 이왕 큰 사이즈로 주문을 했으니 오기로라도 접시를 깨끗이 비웠다. 몰래 나를 지켜보던 사람들은 '저 친구 정말 배고팠구나!' 정도로 생각했겠지. 속으로 이럴 거면 스몰과 미디엄이 아닌, 미디엄과 라지로 표기해야 하는 거 아니냐며 엄청나게 투덜거렸다.

카레의 맛은, 역사 내 존재감 없는 가게치고는 무척 좋았다. 배고팠던 걸 감안해도 꽤 괜찮았다. 나중에 도쿄의 '본디 카레'에 가서 비프 카레를 맛본 후, 아마 그때 오사카에서 먹은 집이 지향하는 카레가 본디 카레식이었구나 생각했다. 아주 오래 끓여 숟가락으로도 살살 찢을 수 있을 정도로 부드러운 소고기와, 육수에서 우러나는 깊은 맛. 오래 볶은 양파와 로스팅한 향신료로부터 배어났을 진한 갈색까지. 이런 퀄리티의 카레를 1,000엔도 안 하는 가격에 맛볼 수 있었다는 건 지금 생각해도 놀랍다.

오사카에서 예상 밖의 카레 경험을 한 차례 더 한 적이 있다.

카레 일을 시작한 뒤로 휴가차 간사이 지역에 갔을 때였다. 아무리 쉬러 갔다지만 이왕 비행기 타고 갔으니 카레집에 가지 않을 수가 없었다. 특히 오사카는 카레 잡지나 카레 그랑프리에 이름을 자주 올릴 만큼 카레 맛집이 많고, 또 각각의 가게마다 독창적인 시그니처 메뉴 하나쯤은 두고 있기에 들르지 않으면 정말이지 손해 보는 기분이란 말이다. 이번엔 어떤 카레가 날 기쁘게 할까, 보물찾기 하는 마음이었다. 오사카에 도착하자마자 브레이크 타임도 미리 체크해둔 카레집으로 고고싱. 메뉴는 딱 두 가지였는데, 아뿔싸. 손글씨로 쓰인 메뉴판이었다. 구글 번역기가 힘쓰지 못하는 순간이다. 그래도 뭐, 동행인이 있어 하나씩 시키면 되겠지 싶었다. 주문이 끝나고 점원이 뭐라 뭐라 더 안내를 했지만 알아듣지 못했다. 알아서 주겠거니 하고 일부러 주방이 보이는 바 자리에 앉아 카레 만드는 모습을 구경했다.

웬만한 카레집들은 즉석에서 카레를 만들지 않고 미리 만들어둔 것을 데워 낸다. 그래서 식사를 받는 데 그리 오랜 시간이 걸리지 않는다. 생각보다 작은 크기의 가정용 2구 가스버너에는 역시나 생각보다 작은 카레 냄비가 소담히 올려져 있었다. 카레가 눌어붙지 않도록 중간중간 국자로 저어주는데, 잠깐. 카레 사이로 비치는 저 허연 기름 덩어리는 뭐란 말인가.

카레를 받고 나서야 그 기름 덩어리의 정체가 무엇인지 알 수 있었다. 바로 대창이었다. 곱이 꽉 찬 통통한 대창이 잔뜩 들어 있었다. 누군가에게는 침이 잔뜩 고일 순간이었겠지만, 내겐 당황스러운 순간이었다. 대체로 다 잘 먹는 내가 못 먹는 몇 안 되는 음식 중 하나가 내장류기 때문이다. 곱창이나 대창은 일부러 찾아 먹지 않고 있다. 내 입에 맞지 않을 것 같다는 예감과 더불어 입맛을 붙이면 돌이킬 수 없을 것 같은 직감 때문이기도 했다. 정말로 내가 못 먹는 음식인지 아직 확인된 바 없으니, 일단은 먹어보자며 한술 떴다.

어라…? 내장 특유의 잡내는 하나도 나지 않고, 고소한 맛이 입안에 가득 퍼졌다. 왜들 그렇게 대창 대창 노래를 하는지 알 것 같았다. 그러나 내 입에는 고소함을 넘어서 다소 느끼했다. 그나마 향신료가 가득 들어간 카레 덕에 몇 점 더 먹을 수 있었다. 카레를 먹으러 갔건만, 처음 맛본 대창의 맛이 너무 강렬해 정작 카레의 맛은 기억나지 않는다. '대창 좋아하는 사람들이 먹으면 진짜 좋아하겠다….' '이 정도 양이면 우리나라에선 값이 꽤 나갈 텐데, 일본에선 수요가 없어서 대창이 저렴한가?' 등등의 생각을 하며 기계적으로 숟가락을 움직였다.

별일이었다. 카레가 아니었으면 자의로 먹어보지 않았을 식재료를 맛보다니. 아쉽게도 입맛에 썩 맞지는 않았지만, 예상에 없던 새로운 경험을 할 수 있도록 해준 카레에게 고마운 순간이었다.

반다이크 브라운

"카레는 무슨 색일까요?"

이렇게 질문하면 과연 어떤 답이 돌아올까. 한국인이라면 대부분 노란색이라고 답하겠지. 우리나라에서 가장 대중적인 카레는 강황 함유량이 높은 오뚜기 카레이기 때문이다. 심지어 표준국어대사전에도 "강황, 생강, 후추, 마늘 따위를 섞어 만든 맵고 향기로운 노란 향신료"라고 정의되어 있다.

하지만 천천히 생각해보면, 카레처럼 실로 다양한 색을 지닌 음식이 또 없다. 태국의 레드 카레나 마사만 카레는 파프리카 파우더와 칠리 오일, 토마토 등으로 인해 짙은 붉은색을 띠고, 인도 음식의 대표 주자로 알려진 버터 치킨 카레의 색은 선명한 주황빛이다. 생크림을 넣어 끓인 일본식 크림 카레나 캐슈너트 페이스트를 볶아 만드는 인도식 코르마 카레는 부드러운 베이지색, 게살을 듬뿍 넣은 태국식 푸팟퐁 카레는 진한 개나리색에 가깝다. 인도식 시금치 카레나 태국식 그린 카레는 이름 그대로 초록색이다. 둘 다 어떻게 만드느냐에 따라 밝은 연둣빛을 내기도 하고, 정직한 초록색이나 짙은 카키색을 내기도 한다. 우리나라에서도 이제 번화가마다 하나씩 있는 일본식 카레 체인점의 것은 짙은 갈색이고, 토마토를 넣어 끓인 소고기 카레는 가을 단풍 같은 적갈색이다.

심지어 일본에서는 검은색 카레까지 만들었다. 일본어로 '검정색 카레'라는 뜻의 '쿠로 카레'는, 거의 먹색에 가까워서 이게 정말 카레가 맞는가 눈을 의심하게 한다. 먹물 파에야를 처음 봤을 때와는 또 다른 충격적인 비주얼이다. 카레의 검정색을 연출하는 방법은 레시피마다 다르다. 검은깨 페이스트나 식용 숯가루, 오징어 먹물 등을 활용하는데, 식용 숯가루를 쓰는 경우가 많다. 어떤 재료를 써서 까맣게 만들었는지에 따라 느껴지는 빛깔이나 카레의 질감이 조금씩 다르다. 쿠로 카레는 현지에서 꽤 인기몰이를 한 덕에 레토르트로도 출시되었다.

이쯤 되니 '카레=노란색'이라는 공식이 통할 나라는 아마 우리나라밖에 없을 것 같다. 강황에 대한 절대적인 신뢰는 아무래도 영상 매체, 특히 TV 프로그램의 영향이 크다. 건강식품으로 자주 소개되는 강황에 대한 사람들의 굳건한 믿음이란. 안 그래도 노란색인 기본 오뚜기 카레에서 강황을 훨씬 더 많이 넣은 '백세카레'가 출시되고, 이윽고 백세카레를 국내 최초의 고형 카레 제품으로 제작한 걸 보면 대충 알 수 있다.

강황의 위대한 효능들… 항암 작용, 항염 작용, 항산화 작용 등등에 대해서는 굳이 여기에 적지 않아도 인터넷 초록창의 도움을 받으면 자세히 알 수 있다. 하지만 우리가 언제부터 음식을 효능에만 집중해 섭취했던가? '절대 먹지 말아야 할 음식 10가지'에 매번 이름을 올리는 숯불구이, 소시지 등의 가공육, 튀김류, 아이스크림 등등은 우리가 알면서도 포기하지 못하는 것들 아니었나. "어차피 언젠가는 죽어!" 하며 숯불에 구운 삼겹살에 소주를 기울이고, 치킨에 맥주를 곁들이고, 소시지에 밀가루 반죽을 입혀 튀겨낸 핫도그를 간식으로 와앙 먹는 우리네 모습을 보라.

향신료 카레를 만드는 입장에서는 강황이 아무리 몸에 좋다 한들 절대로 많이 넣지 않는다. 강황은 좋은 향신료임이 분명하지만, 소량을 적절히 써야지 절대 욕심을 내서는 안 되는 재료이기 때문이다. 자칫 잘못하면 강황의 쓰고 텁텁한 맛이 카레 전체의 맛과 조화를 해칠 수 있다.

한번은 가게에 가족 단위 손님이 오신 적이 있다. 연세가 꽤 많아 보이던 할아버지는 주머니에서 강황 알약(영양제였을 것이다.)을 꺼내더니, 캡슐을 열어 카레 위에 톡톡 뿌려 드셨다. 아무리 건강에 좋다지만… 앞서 말했듯 강황이 지닌 맛이 문제가 될 뿐 아니라, 가루 형태로 된 향신료는 후첨하지 않고 카레 페이스트를 만들 때 볶아서 열을 가해야만 제 역할을 한다.

그렇게 꾸준히 강황을 섭취하는 게 건강에 얼마나 도움이 될지는 모르겠지만, 직접 만드는 향신료 카레에 더해 먹을 요량이라면 참고하자. 강황은 카레를 다 끓이고 넣는 것이 아니라, 캐러멜라이즈한 양파에 강황과 여타 향신료(카레 가루)를 함께 넣어 볶다가 물을 더해 완성하는 것이다. 게다가 착색이 심한 향신료이기 때문에 보충제로 섭취할 경우엔 그냥 캡슐 형태 그대로를 먹길 권한다.

다시 원래의 질문으로 돌아와보자. 카레를 만드는 사람이 보기에는 카레가 무슨 색이냐고? 정해진 답은 없지만, 꼭 한 가지 색을 꼽아야 한다면 망설이지 않고 '갈색'이라고 대답하겠다. 대부분 카레의 기본이 되는 양파 볶음 때문이다.

가게 인테리어를 할 때도 특히 짙은 갈색이 도는 나무 소재를 많이 쓴 건, 애초에 가게의 시그니처 컬러를 갈색으로 잡았기 때문이다. 물론 나무가 주는 편안한 느낌과 자연스러운 공간 연출도 염두했지만, 그보다는 양파를 볶았을 때의 이미지에 중점을 두었다. 가게의 메인이 되는 바 테이블의 나무 색과 빈티지 그릇의 진한 갈색, 그리고 인스타그램 계정 프로필 사진의 갈색 모두 같은 의미를 지니고 있다.

양파는 볶는 정도에 따라 투명한 색, 베이지색, 황토색, 갈색, 짙은 갈색까지 얼마든지 다양한 컬러를 뽑아낼 수 있다. 내가 볶는 양파는 수채 물감으로 따지자면 '반다이크 브라운'이 딱 알맞은 색이다. 감이 잘 안 온다면 '백종원 만능 양파'보다 더 진한 색이라고 보면 된다.

양파뿐 아니라 향신료도 갈색을 띤 것들이 많다. 대부분의 홀 스파이스들은 채도와 명도가 낮은 카키색과 갈색 그 중간 어디쯤이고, 가루 향신료들 또한 각각 비율을 맞춰 섞고 나면 신기하게도 밝은 갈색이 된다. 여기에 로스팅까지 하고 나면 역시나 반다이크 브라운이 된다.

그렇게 기본적으로 갈색을 띠는 카레 페이스트에 어떤 재료를 더해 완성하느냐에 따라 카레의 최종 색깔이 결정된다. 시금치를 갈아 넣으면 초록색이 되고, 토마토를 넣으면 크림슨 레드를 살짝 더한 듯한 멋진 적갈색이 되는 식이다. 생크림을 넣으면 아주 보드라운 베이지색으로 변한다.

카레의 기본 색깔은 갈색. 양파를 볶고 향신료를 다루면서 자연스럽게 정착된 생각이다.

카레 만드는 사람은
집에서도 카레를 먹는가

카레 만드는 일을 시작한 후 삶에서 가장 달라진 부분은 의식주 그 자체다. 대부분의 자영업자가 공감하지 않을까 싶다. 퇴근하고 집에 오면 겨우 옷을 갈아입고 손과 발만 씻은 후 일단 침대에 눕는 처지라, 집안일을 제대로 돌보기는 턱없이 벅차다. 정말이지 고단한 날은 침대에서 잠깐 휴식을 취하려 누웠다가도 다시 일어나기가 여간 어려운 일이 아니다. 그렇게 집은 점점 씻고 눈 붙이는 숙소의 기능밖에 하지 않게 되었다.

그나마 다행인 건 집에서 뭘 만들어 먹지 않아 설거짓거리가 쌓이지 않는다는 것 정도. 이것 또한 크게 달라진 부분이다. 집에서 오븐을 돌리고 팬을 달궈가며 맛있는 음식을 만들어 먹길 좋아해 그걸로 스트레스를 풀곤 했는데, 이제는 도저히 그럴 수 없다. 지금은 가능한 한 집에서 음식 냄새를 풍기고 싶지 않다.

식당을 하게 된다면, 하고 막연히 생각했던 것 중 하나. 먹고 싶은 음식이 생기면 필요한 재료를 발주 리스트에 슬쩍 추가해 부지런히 만들어 먹지 않을까 하는 기대였다. 하지만 현실은 호락호락하지 않았다. 점심 영업을 끝내면 제대로 된 식사를 할 만한 입맛조차 남아 있지 않다. 이때 먹는 점심은 일과 일 사이, 기운을 얻기 위해 배를 채우는 정도다. 가장 좋은 건 손님들과 마찬가지로 카레와 밥을 먹는 것. 최대한 빨리 배를 채우고 자리에서 일어나 재료 준비를 해야 한다.

　퇴근 후에도 사정은 크게 달라지지 않는다. 집에 도착하면 평균 10시 전후여서, 제대로 저녁을 챙겨 먹기엔 너무 늦은 시간이다. 하지만 점심을 3시에 먹기 때문에 공복은 길어 배가 고픈 상황. 결국 캔맥주에 주전부리를 곁들이거나 군것질을 하면서 너무 배부르지는 않게, 그러나 칼로리로 따지자면 '차라리 이럴 거면 밥을 먹는 게 낫지 않을까?' 싶은 생활이 계속되었다.

　그렇게 우리집 부엌은 휴일 아침 커피를 내려 빵을 먹거나 퇴근 후 맥주와 간단한 과일, 간식 등을 먹는 휴게실 혹은 탕비실 정도로만 기능했다. 그쯤 되니 집에서 음식 냄새가 나는 것을 극도로 싫어하게 되었다. 냉장고는 음료를 채워두는 용도로만 쓰고, 절대 집에서 식사하지 않는다는 모 유명인의 말에 공감했다. 집에서 요리하는 걸 좋아했던 적이 있었나 싶을 정도로. 식사와 분리된 집은 예전보다 훨씬 쾌적했다.

문제는 그렇게 지내다 보니 쓰지 않는 가전제품들이 하나둘 고장 나기 시작했다는 것이다. 가장 처음 고장 났던 건 냉장고였다. 연식이 오래되어 고장이 날 만도 하다 싶었는데, 항상 그렇듯 사건사고는 예상치 못한 순간에 찾아온다.

어느 날 퇴근을 하고 집에 돌아와 습관처럼 냉장고를 열었는데, 뭔가 이상했다. 일단 시원하지가 않았다. 혹시나 해서 냉동실 문을 열었는데 악! 나도 모르게 코를 감싸 쥐었다. 미지근한 공기에 악취까지. 하필 더운 여름이어서, 냉장고가 멈추자마자 모든 음식이 빠르게 상해버린 것이다. 제대로 씻기도 전에 엄청난 양의 음식물 쓰레기를 재빨리 처리해야만 했다. 특히 잊고 살았던 마법의 공간 냉동실에서 왜 그리 초면인 친구들이 줄줄이 나오는지. 냉동실에 넣으면 다 괜찮을 줄로만 알았던 식재료들은 아깝다고 생각할 겨를도 없이 모두 버려졌다.

그렇다면 지금 나에게 남은 것은 무엇인가. 아예 냉장고 없이 살 수는 없는 노릇. 혹시 몰라 그릇 보관함으로 쓰던 김치냉장고의 전원을 연결했는데 기똥차게 작동했다. 그렇게 두 칸짜리 서랍형 김치냉장고에 당장 마실 물과 과일 등등을 넣어두기 시작했다.

한 달쯤 되니 작은 김치냉장고로 연명하는 삶에도 익숙해졌다. 냉장고 대신 김치냉장고를 쓰면 좋은 점을 아시는지. 일단 음료와 과일이 무지무지 차가워진다. 특히 맥주가 일반 냉장고에 넣은 것과는 비교도 안 되게 시원해서, 새 냉장고를 구입한 지금도 엄마는 맥주를 김치냉장고에만 넣어둔다.

이후 새 냉장고와 냉동고를 마련하는 데 1년이나 걸렸다는 게 말도 안 되긴 하지만, 아무튼 생각보다는 살 만했다는 거다. 다른 자영업자들의 이야기를 들어보니 사정이 비슷했다. 안 쓰는 가전제품 중 특히 주방에 있는 것들이 가장 먼저 고장 난다고. 고된 하루를 보내고 나면 집안일이나 내가 직접적으로 영향을 받는 문제들은 나중으로 미루게 된다. 냉장고 이후에도 잘 쓰지 않던 가스레인지까지 고장나고 말았지만 그 상태로 한동안 방치되었다. 집에서 요리를 하는 삶은 아스라이 멀어지고 있었다.

　과일을 깎아 먹고 나서 접시를 설거지하는데 아직 부엌 한쪽에 남아 있는 몇몇 향신료 용기가 눈에 들어온다. 이 공간에서 양파를 볶고 향신료 테스트를 하며 카레를 끓였던 것이 아득한 먼 옛날 이야기 같다. 언젠가는 다시 카레를 취미로만 만들 수 있는 날이 올까.

　스트레스 풀려고 가스레인지 불을 켰다가 스트레스를 더 받는 것은 물론이고 음식물 쓰레기만 남길 수도 있는 사람이 오늘의 나다. 직업으로 카레 만드는 사람은 집에서 카레를 만들지 못한다. 심지어 집에 소금도 없고 밥솥도 없다. 남들에겐 대수롭지 않을, 집에서 카레를 만들어 먹는 휴일이 버킷리스트가 될 줄이야.

엄마 카레 vs 아빠 카레

집에서 주로 카레를 만드는 사람. 당연하게 엄마를 떠올리는 이들이 많을 듯하다. 주로 엄마가 며칠 집을 비우게 될 때 하는 곰국과 마찬가지로 한 솥 끓여두는 음식 중 하나로 카레가 꼽히니 말이다. 우리집에서 카레는 엄마가 만들어주는 별식이었지만, 생각보다 그렇지 않은 집들이 많은 것 같다.

그래서 집 카레는 지겹고 평범한 혹은 별것 아닌 이미지를 갖게 되었는지도 모르겠다. 집에서 카레를 만들 땐 파스타처럼 재료에 다양한 변주를 하기보다는 늘 만들어왔던 방식 그대로를 고집하기 마련이니까. 양파와 당근, 감자 등의 채소를 크게 썰어 넣고 깍둑썰기한 고기를 넣는 요리법도 자동반사적으로 떠오른다. 굳이 먹지 않아도 집에서 먹는 노란 레토르트 카레를 떠올리면, 머릿속에 저장된 기억이 스멀스멀 흘러나와 혀끝을 자극한다.

반면 아빠가 만드는 카레는 왠지 특별한 느낌으로 다가온다. 집에서 아빠가 만들어준 카레를 먹어본 이들이 몇이나 될지는 모르겠지만, 실제로 어떤 요리책에서는 평소와 다르게 힘을 줘서 '요리'라는 느낌으로 만든 카레를, '아빠의 주말 카레'라는 식으로 이름 붙여서 소개하기도 했다. 엄마가 만들면 냉장고의 자투리 채소들을 처리하기 위한 메뉴인 카레가, 아빠가 만들면 재료를 아끼지 않은 특식으로 재탄생하는 것이다.

만화 〈아따맘마〉에도 비슷한 에피소드가 있다. 아리 아빠가 모처럼 요리에 도전한다. 구워 먹어도 아까울 비싼 소고기를 듬뿍 썰어 진하게 끓인 정통 인도식 카레에, 곁들인 노란색 밥은 심지어 사프란 라이스. 가정집에서 카레를 만들어 먹는데 사프란 라이스를 짓다니! 세계에서 가장 비싼 향신료가 바로 사프란 아니었던가. 제대로 된 카레 정식을 위한 과감한 투자가 아닐 수 없다. 한정된 예산 안에서 장을 봐 식탁을 차려야 하는 엄마와는 조건부터가 다르다고 해야 할까, 아니면 장바구니 물가 혹은 식재료 값에 대한 기준을 잘 모르기 때문에 가능하다고 해야 할까. 어쨌든 아리 엄마와 아리, 동동이 모두 레스토랑에서 먹는 카레 같다며 감탄을 금치 못하고, 아빠는 젠체하기 바쁘다.

그러나 카레는 일단 한 솥 끓이고 나면 어떻게

해도 남는 법. 웬만해선 식사 한 번으로 끝나지 않는다. 아리 아빠도 마찬가지로 분량 조절을 하지 못해 지나치게 많은 양의 카레를 만들었다. 처음이야 맛있었지만, 며칠 내내 카레를 먹는 것에 물린 가족들. 이때 아리 엄마가 나선다. 정통 카레에 장국을 넣어 카레 우동으로 만들어버린다. 아리 아빠는 어떻게 만든 정통 카레인데 장국을 넣을 수 있냐며 화를 내지만, 그 또한 몇 날 며칠 같은 카레를 먹는 것에 질렸던 터라 결국 카레 우동을 맛있게 먹는다.

짐작이 가겠지만 만화에서 아리 아빠는 전형적인 가부장으로, 아리 엄마는 전형적인 전업주부로 그려진다. 자식이 있는 전업주부의 삶은 고달프기 그지없다. 애들 깨워서 남편이랑 같이 아침 먹여야지, 아침을 차리는 것과 동시에 아침과는 다른 메뉴와 반찬으로 점심 도시락 싸서 손에 들려 보내지. (요즘 아이들은 급식을 먹지만.) 게다가 설거지하고 청소며 빨래 같은 집안일 좀 하다 보면 어느새 장 보고 저녁 준비할 시간이다. 삼시 세끼 뭘 만들어야 하나 고민하는 엄마에게 카레를 특별하게 만들어보겠다는 생각을 할 여유는 턱없이 부족하다.

　그러니 아빠가 어쩌다 한 번 부엌에 서서 만드는 카레는, 당연히 특별해야 하지 않은가. 아빠가 맛있고 특별한 카레를 해줬다고 해서 그렇게까지 감탄할 건 없으며, 더군다나 엄마의 평범한 카레와 비교하면서까지 치켜세울 일은 아니라는 것이다.

　누군가 이렇게 말했다. 남자와 여자는 100점을 기본으로 시작해도 남자는 점수를 얻는 방향으로, 여자는 깎는 방향으로 평가를 받는다고. 어른이 된 내가 만화 〈아따맘마〉를 보면서 새롭게 느끼는 바가 이것이다. 나와 같은 생각을 하는 이들이 적지 않은지, 가족들이 아리 엄마가 차려준 식사에 불평불만을 토하는 에피소드(에피소드라기엔 사실 매회 이런 장면이 등장한다.)의 유튜브 댓글들을 보면 "불만 오지네, 그냥 차려주는 대로 먹든가, 아님 본인들이 차려 먹든가." 하는 내용으로 이미 만선이다. 나처럼 엄마가 차려주는 밥상을 당연하게 생각하며 자라다 머리가 크면서 깨달은 바가 많아진 이들일 것이다.

　말이 나온 김에 이야기를 조금 더 해보자면, 〈아

따맘마〉에는 유독 카레 만드는 장면이 많이 나온다. 대체로 아리 엄마가 냉장고 속 자투리 재료들을 사용해 만드는 카레들이다. 여기서 재밌는 포인트는, 평범한 채소가 아닌 예상치 못한 재료들을 쓴다는 점이다. 아리 엄마는 재첩 된장국을 끓이려다 된장이 떨어진 것을 뒤늦게 알고는 기지를 발휘해 재첩 카레를 만들거나, 어묵 전골의 재료들로도 카레를 끓인다. 정통 카레와는 거리가 한참 멀지만, 매우 독창적인 방식이 아닌가. 물론 이 특별한 카레들이 차려진 밥상 앞에서 가족들은 이게 뭐냐는 식으로 투정하기 바쁘다. 이쯤 되면 〈아따맘마〉의 주인공들을 '아리네 가족'이 아니라 '아리 엄마와 아이들'이라 불러도 무방할 정도다. 평소 내 모습이 저들과 같지는 않았는지 슬몃 반성하게 된다.

하루쯤 시간을 내어 엄마를 위한 특별한 카레를 만들어보는 건 어떨까. 엄마가 만들어주었던 것과는 다른 방식으로, 전혀 다른 재료를 써서. 식사 준비를 해야 하는 엄마의 수고로움을 하루라도 덜고, 음식하기 귀찮을 때 만드는 카레가 아닌 새로운 별식으로서의 카레를 경험하실 수 있도록.

불현듯 유명한 광고가 생각난다. '일요일은 아빠가 짜파게티 요리사!'라는 문안 하나로 몇 세대를 아우른 회심의 광고. 우리나라에 살면서 이 말을 들어보지 않은 이는 없을 것이다. 하지만 짜장라면 끓이기만큼이나 간단한 레토르트 카레는(데우기만 하면 되는 퀄리티 있는 카레들이 얼마나 많이 나왔는가!) 아직도 중년 여배우들이 광고를 찍는다. 정작 엄마가 그런 카레를 데워주면, 식사를 대충 차렸다고 면박을 주는 아리 아빠와 아리, 동동이들이 없지 않을 터.

'우리집 카레'를 엄마 대신 나만의 레시피로 만들어 식탁에 작은 기여를 해보는 일. 그리고 엄마의 수고를 헤아려보는 일. 가족 구성원으로서 작게나마 보탬이 될지도 모른다.

카레집 우렁각시

내가 운영하는 작은 카레 가게의 대표는 나지만, 사실상 엄마와 공동으로 꾸려가고 있다. 친구들은 엄마를 큰 사장님, 나를 작은 사장님으로 부른다.

큰 사장님은 영업시간 중엔 절대 부엌에서 한 발도 벗어나지 않는다. 엄마 말을 빌리자면, '부엌에 조용히 숨어 있는 존재'란다. 나는 그런 엄마가 없으면 이 일을 제대로 해나갈 수 없다.

어디 가서 일할 때 손이 빠르단 소리를 줄곧 들어온 나지만, 엄마는 나와 비교할 수 없을 정도로 베테랑이다. 좁은 공간 안에서 단둘이 정신없이 일하면서도 처음부터 동선 꼬이는 일 없이 손발이 척척 맞았던 것도 엄마 덕분에 가능했다.

무엇보다도 정해진 규율이나 시스템이 없어, 처음부터 끝까지 크고 작은 부분 모두 스스로 결정하고 진행해야 하는 상황을 깔끔하게 정리해준 건 엄마였다. 애초에 가게 계약도 내가 콘서트 간 사이에 엄마가 뚝딱 했을 정도니. 일손은 빠릿빠릿하지만 큰 결정을 해야 할 때 우유부단을 넘어서 아예 결정 자체를 미뤄버리는 회피형 인간인 나를 엄마가 멱살 잡고 끌고 왔다고 해야 할까.

엄마와 함께 자영업을 하는 걸 아는 사람들은 보기 좋다고 말하지만 그럴 때마다 "제가 불효녀죠, 뭐." 하고 농담 아닌 진담으로 답한다. 하나부터 끝까지 엄마가 아니었다면 어떻게 되었을까 싶은 일투성이다. 잘 모르는 사람의 눈에는 내가 작은 업장을 스스로 잘 굴려나가는 것처럼 보일지 모르겠지만 들여다보면 캥거루형 인간에서 벗어나지 못하고 있는 현실이다. 일하면서 싸우지는 않느냐는 질문에 그렇지 않다고 대답하는 게 정말 다행일 정도로. 그도 그럴 것이, 엄마가 보이지 않는 곳에서 척척 해내는 일이 너무 많기 때문이다.

카레를 만드는 건 나지만 카레를 만들기 위해 양파 껍질을 벗기고 얇게 썰어내는 밑작업을 하는 건 엄마다. 나는 렌즈를 끼기 때문에 양파의 매운기에 눈물을 잘 흘리지 않지만(꿀팁이다.), 평생 렌즈는 커녕 안경도 끼지 않고 살았던 엄마는 매일같이 굵은 눈물을 흘린다. 내가 할 수 있는 거라곤 엄마가 물기 가득한 눈을 흐리게 뜰 때 티슈 하나를 건네는 것 정도. 가끔 내가 여유가 되는 날에는 양파 다듬기를 돕는데, 양이 특히 많은 날이면 그 맵기가 렌즈를 뚫고 들어와 기어코 눈물을 흘리고 만다. 눈이 맵고 따가운 건 매일 겪어도 적응되지 않는 일일 터. 아마 엄마에게 평생을 통틀어 당신을 가장 많이 울게 했던 것이 무엇인가, 물으면 양파라고 대답하실지도 모르겠다. 양파가 유난히 싱싱할 때면 정말 눈물이 줄줄 흐르다 못해 온 얼굴이 눈물로 범벅이 될 때도 있는데, 여태 엄마가 다듬은 양파를 대충 계산해봐도 몇 톤이니까. 드라마 제목인 '1리터의 눈물'이 우리에겐 일상이다.

눈물 쏙 빠지게 양파를 다듬고 난 큰 사장님의 다음 일은 우리 가게의 유일한 반찬인 양배추 피클을 만드는 것이다. 레시피는 내가 짰지만 매일 양배추를 가득 썰고 단촛물을 만들고 끓이는 것은 엄마의 몫이다. 양배추 피클이 맛있기도 하지만, 흔한 무 피클과 비교하면 양배추는 무를 썰 때보다 힘이 덜 들어서 늘 다행이라고 생각한다. 셀 수 없는 칼질로 늘 손목의 고통을 호소하는 엄마이기에. 물론 양파도 사각사각 썰기 어려운 채소는 아니지만, 그 양이 많아지면 얘기가 달라진다.

또한 큰 사장님의 주요 업무는 영업 중 불을 다루는 모든 일이다. 영업시간엔 워낙 바쁘다 보니 분업 형태로 일을 하는데, 나는 서빙과 플레이팅을 맡고, 엄마는 밥과 카레를 뜨고 설거지는 물론이요 필요하면 조리도 함께 한다. 이를테면 카레에 올라갈 달걀프라이를 부치는 것부터 시작해 채소를 볶기도 하고 미트볼을 굽기도 한다. 한여름엔 양파 볶을 때를 제외하면 나보다 엄마가 불 앞에서 훨씬 많은 시간을 보내는 셈이다. 매번 가스 냄새 때문에 머리가 아프다고 하셔서 걱정이다.

우렁각시가 따로 없다. 쥐도 새도 모르게 필요한 일을 도와주는 사람. 전래동화 속 우렁각시는 내가 바쁠 때 혹은 필요할 때 알아서 밥도 해주고 살림도 봐주는 치트키 같은 캐릭터로 묘사되는데, 그도 분명 힘들었을 것이다.(하다못해 본디 우렁이였으니 더더욱 인간의 몸으로 노동하는 것이 힘들었으리라는 게 나의 가설이다.) 요즘 같으면 노동청에 고발당할지도 모를 노릇이다.

작은 가게고, 생산할 수 있는 양은 한정되어 있

지만, 손이 가는 일이 워낙 많다. 쉬는 시간에도 잠깐 밥 먹는 시간을 제외하면 둘이서 내내 일만 해야 할 정도로 바쁜데, 만약 엄마가 없었다면… 생각만 해도 아찔하다. 사람을 고용하는 것에 회의적인 나는 엄마가 없었다면 혼자 일했을 거다. 만약 이 모든 일을 나 혼자 했더라면… 오픈 하루 만에 앓아누웠을지도 모를 일이다.

엄마도 그걸 알기 때문에 늘 하시는 말씀이 있다. "나는 아파서도 안 되고 아플 틈도 없어!" 다시 한번 불효녀가 되는 나. 나는 매일매일 불효의 길을 걷는다. 엄마는 이 나이에도 일할 수 있어 참 다행이고 감사한 일이라고 하지만, 그게 식당 주방에서 우렁각시처럼 육신이 힘든 일이 아니었다면 더 좋았을 텐데. 자식 된 입장에서는 몸 이곳저곳 슬어가는 시기에 접어드는 엄마에게 노동을 시키는 것이나 다름없어 무척 죄스럽다. 그런데도 엄마는 오히려 내가 젊은 나이에 힘든 일을 하고 있다며 안쓰러워하신다. 특히 내 손을 볼 때면, 누가 봐도 주방 일을 하는 사람다운 굵은 마디와 거칠거칠한 피부를 걱정한다. 직장 생활을 하는 또래 친구들은 젤 네일도 예쁘게 하는데, 하면서. 내 앞에서 크게 내색한 적은 없었는데, 우연히 다른 사람과 내 이야기를 나누다 우는 엄마의 모습을 본 적이 있었다. 과연 이게 잘하고 있는 짓이 맞나, 회의감과 죄책감으로 마음이 바닥까지 내려앉는 날이었다.

주방에서 일하는 사람들의 고질병 몇 가지가 있다. 우선 오랜 시간 서서 일하다 보니 하체 부종이 심하다. 특히 종아리가 땡땡 부어 심한 날에는 잠을 이루지 못하기도 한다. 그럴 때면 침대에서 몸을 일으켜 종아리를 풀어주는 스트레칭과 마사지를 30분가량 해줘야 겨우 잠들 수 있다. 아무리 날이 습하고 더워도, 조금이라도 덜 아프기 위해서 일하는 동안 의료용 압박스타킹 착용은 필수다. 다리가 특히 불편했을 땐 자려고 누웠는데 다리에 벌레들이 스멀스멀 기어가는 것 같은 이상한 느낌이 들고, 심지어는 그냥 앉아 있었는데 다리가 제멋대로 펄쩍 뛰며 움직이는 걸 제어하지 못하기도 했다. 일명 하지불안증후군이다. 점점 도드라지는 다리의 푸른 혈관들을 보면서 혹시 하지정맥류 검사를 받아봐야 하는 게 아닌가 하다가도, 수술하고 나면 바로 서빙할 정도로 회복이 되지 않을 것 같아 이내 생각을 지우고 만다. 앉아서 업무를 할 수 있는 게 아니므로 최소 2주는 쉬어야 하는데, 자영업을 하는 처지에서 2주를 쉰다는 건 있을 수 없는 일이다.

다리도 다리이건만, 강도 높은 노동에 시달리는 손목은 또 어떤가. 퇴근하고 나면 손목은 물론이거니와 손가락 관절 마디마디가 시리고 쑤신다. 아직 젊은 나도 이런데 엄마는 아픈 것의 반의반도 티 내지 않는 것 같다. 그저 한숨처럼 아프다, 하시곤 침대에 쓰러져 눕는다.

그래도 나야 몸이 아프면 증상을 검색해보고 병원에 가보는 등 여러모로 해결책을 찾아보지만, 우리 우렁각시 큰 사장님은 퇴근하고 나면 너무 지쳐 그럴 겨를도 없으시다. 바늘 공포증이 있어 한의원에 가는 건 고사하고 일반 병원에 가는 것도 싫어하는 큰 사장님. 병원 가서 검사 좀 받자, 물리치료 좀 받아보라, 이런 설득이 씨알도 먹히지 않는다. 반면 그의 딸 작은 사장은 일찌감치 한의원에 맛을 들이는 중이다. 적외선램프 아래에서 따뜻하게 찜질하고, 침 맞으면서 누워 있는 것이 그리 좋다. 나는 내 몸 챙길 여력이 아직 있는데, 엄마는 그렇지 않은 듯하다.

집에서 하는 간단한 운동도 마찬가지다. "스트레칭 좀 해!" "마룻바닥 닦고 나면 할게." "마룻바닥 닦았잖아, 이제 매트 펴서 나랑 같이 스트레칭하자." "싫어. 너 혼자 해." 이런 패턴의 무한반복. 엄마의 요가 매트는 2년이 넘도록 래핑도 뜯지 않은 채 방구석에 세워져 있다.

온몸을 쑤셔대는 고통이 이젠 관성이 되어버린 엄마는, 병원 대신 퇴근할 때 옷에 배는 카레 냄새를 없애기 위해 집에 스타일러를 들이자는 말만 반복할 뿐이다.

"우리 카레 냄새 빼려고 옷 드라이 맡기는 값 생각하면, 스타일러 사는 게 훨씬 이득 아니겠니! 양파 냄새 지겹다, 정말!"

아, 왜 하필이면 이렇게 냄새마저도 지독한 일을 시작하게 된 걸까. 아무리 곱씹어봐도 불효라는 말밖에는 나오지 않는다. 남들 보기에 훈훈한 모녀의 카레집은 사실, 이렇게 우렁각시와 불효녀의 전쟁터이다.

* * *

tmi. 결국 작년에 스타일러를 구입했는데, 최근 몇 년간 최고의 소비였음을 밝힌다.(광고 아님. 내돈내산!)

아이돌로 인해 쉽니다

- feat. 비비 카레

예전에 트위터에서 화제가 된 사진 한 장이 있다. 어떤 가게 출입문에 '아이돌로인해쉽니다'라고 써 붙인 안내문을 찍은 사진이었다. 자, 당신은 어떻게 읽었는지 궁금하다. 실제로는 가게 주인이 '아이 돌잔치를 해서 영업을 쉰다'는 의미였지만, 띄어쓰기 덕에 '아이돌로 인해 쉽니다'로 읽은 사람이 더 많았다. 지금은 아이돌 팬들이 콘서트에 갈 때 자랑 겸 SNS에 올리는 사진으로 널리 쓰이고 있다. 슬프게도 코로나 바이러스 창궐 이후 이 사진을 못 본 지 꽤 오래되었다. 부디 타임라인에 이 사진들이 도배되는 날이 하루빨리 오기를.

나의 경우 정말 가게를 운영하는 사장이기에, 실제로 출입문에 저 문구를 써 붙일 기회가 있었다. 아니 근데, 정말 콘서트에 가려고 영업을 쉬냐고요? 그럼요.

대부분의 콘서트는 주말 양일 진행되고, 가끔 금요일 저녁에 하는 경우도 있다. 내가 좋아하는 아이돌 엑소는 금, 토, 일 3일 공연을 2주 동안 한다. 그리고 금요일과 토요일은 우리 가게 영업일이다.

보통 금요일 콘서트는 저녁 8시에 시작하고(퇴

근 시간을 배려한 듯.), 토요일은 저녁 6시에 시작한다. 이때 내가 '좌석'을 예매했다면 공연 시작 시각에 맞춰 가면 되지만, 무대 바로 앞의 '스탠딩석'을 잡은 경우엔 상황이 다르다. 최소 공연 시작 두 시간 전에 입장 팔찌를 받고, 예매한 스탠딩 번호 순서대로 미리 대기 줄을 서야 한다. 솔직히 두 시간 전에 가는 것도 빠듯하다. 구역에 따라 두 시간 전부터도 입장을 시작하기 때문에, 팔찌를 받고 대기 줄까지 서려면 넉넉히 세 시간 전에는 가야 안전하다. (여기에 선착순 굿즈 구매와 비공식 굿즈 이벤트도 놓칠 수 없다면 아침부터 가는 것이 국룰이다.)

나는 현장감을 최고로 치는 스탠딩파다. 그렇다면 금요일엔 저녁 6시까지, 토요일엔 오후 4시까지 공연장에 가야 한다. 한창 영업을 할 시간이다. 가게에서 올림픽 체조경기장까지 걸리는 시간은 약 한 시간. 어쩔 수 없이 금요일 저녁 영업을 쉬어야 하고, 토요일 점심 영업도 평소보다 일찍 끝내야 한다.

게다가 금요일 공연을 볼 경우, 어쨌든 다음 날인 토요일 반나절도 영업을 해야 하므로 미리 일을 두 배로 해둬야 한다. 여기서 궁금한 것이 있을 터.

금요일 공연을 보는데 토요일은 왜 반나절만 영업하냐고? 후후. 콘서트는 n차 관람이 근본이랍니다. "왜 똑같은 공연을 또 봐?" 엄마는 매번 이해하지 못한다. 어머니, 내일 또 새로운 태양이 떠오르듯 내일 무대엔 내일의 세훈이가. 휴, 암튼 맨날 봐도 맨날 다르단 말야!

입장 전부터 오랜 시간 대기하고, 미어터지는 사람들 사이에서 몇 시간의 공연을 선 채로 관람하고 오면 몸에 쌓인 피로감은 그야말로 엄청나다. 그런데 공연 직후에는 솟구치는 흥분감 때문에 쉽게 잠을 이루지도 못해(첫 회차일수록 심하다.), 다음 날 출근하고 또 공연을 보러 간다는 건 체력은 물론 극도의 정신력을 요구한다.

아무튼 그해에도 무사히 티켓팅에 성공해 가게 문 앞에 '아이돌로인해쉽니다'를 써 붙였다. 물론 부끄러우니까 이건 작게 쓰고, '개인 사정으로 영업을 일찍 마감합니다'는 크게 적었다. 하루 장사 공치면 손해가 막심한 걸 아는 큰 사장님께서 너른 마음으로 허락해주시니, 얼마나 감사했는지 모른다.

그래서 이 모든 게 대관절 카레랑 무슨 상관이 있냐면, 조금 더 얘기를 풀어야 한다. 카레 가게를 하기 전, 집에서 카레를 만들어 먹으면서 밥을 비숑 프리제 얼굴 모양으로 만든 적이 있다. 왜 하필 비숑 프리제냐고? 내가 으뜸으로 좋아하는 멤버 세훈의 반려견이 바로 '비비'라는 이름의 비숑 프리제여서다. 뭐 하나라도 덕질과 연관해 창의적이고 싶은 마음이었다. 날 지켜봐온 혹자는 세훈보다 비비를 더 좋아하는 거 아니냐고 말하는데… 실은 맞다. 비비는 제가 마음으로 키운 강아지거든요. 실제로 내 휴대폰에는 영상을 나노 단위로 캡처한 비비 사진만 몇백 장이 있다. 결코 과장이 아니다. (고백하건대 세훈이 사진보다 많다.)

　그렇게 만들어 인스타그램에 올린 '비비 카레'는 놀랍게도 좋아요 2,000개 이상을 받으며 큰 주목을 받았다. 계정을 시작한 이후 이런 폭발적인 반응은 처음이었다. 그 후로도 종종 비비 카레를 만들어 올린 탓에, 최근까지도 "혹시 비비 카레는 판매하실 생각이 없으신가요?" 하는 질문을 종종 받는다.

사실 비비 카레를 실제로 판매한 적이 있었다. 앞서 언급했던 한 달간의 카레 팝업에서, 재미 삼아 이벤트로 엑소 공식 포토카드를 가져오는 손님들에게는 밥 모양을 비비로 만들어주었다. 매주 30인분의 카레를 완판할 수 있었던 건 순전히 에리들(엑소 팬클럽 애칭) 덕분이었음을, 다시 한번 감사한다. 그들의 기억 한켠에 부디 비비 카레가 작은 즐거움으로 자리하고 있기를.

당신을 위한 서비스는 언제나

신기한 건 카레집 단골손님들 중 엑소 팬들이 많다는 것이다. 어떻게 아냐면, 그들은 절대 '일코'를 하지 않는다. 여기서 일코란 '일반인 코스프레'란 뜻으로, 아이돌을 좋아하면서 좋아하지 않는 척, 잘 모르는 척하는 것을 뜻한다. 누가 어떤 가수를 좋아하냐고 물으면 얼굴색 하나 변하지 않고 "음 글쎄, 박효신이랑 아이유랑… NCT 127…?"이라고 대답하는, 그런.

계산하려고 카드를 받았는데 카드에 백현 스티커가 붙어 있고, 어디선가 시선이 느껴져 보면 시우민 인형이 날 쳐다보고 있고, 심지어 '도경수'라고 쓰여 있는 티셔츠(솔직히 탐났다.)를 입고 온 손님도 있었다. 속으로 반갑기도 하고 웃음이 나기도 하고 여러 감정이 들지만, 공과 사는 구분해야 한다고 생각해 일부러 티 내지 않고 못 본 척한다. 어쨌든 나는 카레집을 운영하는 거고, 아이돌 생일 카페를 운영하는 게 아니므로.

그뿐 아니다. 콘서트장에 갔다가 옆자리에 앉은 분이 가게 손님이었던 적도 있고, 팬 사인회에 갔다가 단골손님을 만나기도 했다. 엑소의 시그니처 구

호대로 '위 아 원(we are one)'을 느낄 수 있는 순간이었다.

그렇게 카레 가게를 운영하며 내 덕질 역시 순조롭게 절정으로 치닫고 있었다. 그 정점엔 나를 기다리고 있는 빅 이벤트가 있었으니. 강산이 수십 번 변해도 유구할 덕후의 종착지, 바로 팬 사인회다. 마침 멤버들이 하나둘 군대에 가기 시작할 즈음이었다. 군입대 전에 사인회 한 번쯤은 가봐야 하지 않을까? 하는 생각이 들었다. 생각하는 즉시 행동하는 멋진 나. 당첨을 위해 엄청난 양의 앨범을 통 크게 일시불로 긁었다. 이렇게까지 했는데 떨어지면… 쓰라린 마음으로 텅 빈 통장을 바라보며 조용히 탈덕하는 거지 뭐, 하고 생각했는데 정말 다행히 당첨 명단에 이름이 올라가 있었다. 2019년의 가장 가슴 떨리던 순간이었다.

이젠 하다못해 가게 문에 '팬 사인회로 인해 쉽니다'를 써 붙여야 했다. 물론 실행에 옮기진 않았음을 밝힌다. 이번엔 소심하게 '개인 사정으로 점심 영업만 합니다'라고 써 붙였다. 솔직히 말하자면 떨리거나 설레는 마음으로 주체하지 못하는 심정이라기보단, 여러 차례의 심사 후 최종 면접만을 남겨둔 지원자의 마음이었다고 해야 할까. 현실 같지 않은 일을 마주할 때 오히려 침착해지는 성격이라 그런지, 평소와 다를 바 없는 기분으로 사인회 장소에 도착해 내 순서를 기다렸다. 유독 시간이 느리게 가는 것 같기는 했지만.

앞서 말했다시피 나는 세훈의 강아지 비비를 정말 좋아한다. 마냥 귀엽고 인형 같은 비숑 프리제의 특징과 달리 어딘가 독특한 매력이 있는 비비는 팬들 사이에서도 무척 인기가 많다. 나는 비비에 대해 궁금한 게 너무 많았다. 강아지가 궁금하면 강아지 주인한테 물어봐야 하는데, 주인을 만날 기회가 있어야지. 직접 만나서 물어보는 수밖에.

시간은 흐르고 흘러 마침내 내 차례가 되었다. 세훈 앞에 선 나는 비비에 대한 수많은 질문만을 뚝심 있게 던졌다. 그동안 만든 비비 카레 사진을 보여주는 것도 잊지 않았다. 사진을 자세히 들여다보며 연신 귀엽다고 한 그가 물었다.

"이렇게 만들어놓고 나중에 먹어요?"

네…. 너무 맛있게 먹었는데요. 아깝다고 보관할 수도 없잖아요….

나중에 진짜로, 꼭 카레를 먹으러 가겠다고 몇 번을 말한 세훈은 가면 서비스 많이 달라고 덧붙였다. '서비스 줄 게 별로 없는 단출한 가게인데 어떡하죠….' 속으로 말을 삼키며 끄덕끄덕, 알겠다고 대답했다.

아직 그가 찾아오지는 않았지만, 그리고 무엇보다도 유명인이 찾아오기엔 힘든 특징을 지닌 작은 가게지만, 그래도 의리 있는 그가 불시에 찾아오는 상상을 종종 한다. 우리 가게는 반려동물 동반이 가능하니 꼭 그의 반려견 비비와 함께 왔으면 좋겠다는 마음을 담아서. 하얗고 뽀송뽀송한 강아지 비비가 풍성한 꼬리를 휘적휘적 저으며 가게 안을 돌아다니는 상상을 하는 것만으로도 입가의 미소를 멈출 수 없다. 게다가 비비처럼 사과를 가장 좋아하는 엄마 덕분에 가게 냉장고 안엔 늘 사과가 있어서, 언제

어떤 타이밍에도 비비에게 사과를 대접할 준비가 되어 있다!

한편 글을 쓰고 있는 지금 이 시점은 비비가 세훈의 뮤직비디오에 출연까지 한 상태다. 모 의류 브랜드의 기획전으로 티셔츠, 맨투맨, 잠옷, 모자, 양말, 에코백 등 각종 비비 굿즈들도 쏟아져 나오고 있다. 비비야 정말이지, 넌 대단한 강아지야!

세훈아, 혹시라도 오고자 마음먹는다면 일요일과 월요일은 휴무이니 참고하고, 주차는 금왕돈까스에 한 다음 비비랑 같이 10분 정도 산책하듯 걸어 내려오면 금방 도착할 거야. 나는 그 즉시 편의점에 뛰어가서 비비의 눈코입이 되어줄 김을 사 오도록 할게… 등의 생각을 이어나가는 나는, 여전히 어쩔 수 없는 덕후다.

노란 맛 궁금해 허니

고백하건대 '카레맛' 음식을 좋아하지 않는다. 이를테면 카레맛 떡볶이라든지, 카레맛 치킨, 카레맛 과자 등등. 내가 맛있게 먹을 수 있는 카레맛 음식의 최대치는 잘 쳐서 카레 크로켓 정도다.

누구나 카레 냄새라고 특정할 수 있는 특유의 향이 있다. 특히 우리나라의 카레 냄새는 대부분 노란색이 바로 연상되는 대표적인 제품, 오뚜기 카레로부터 비롯된다. 가끔은 나도 추억의 노란색 카레가 먹고 싶은 날이 있지만(그럴 때는 을지로 동경우동에서 카레 백반을 먹는다. 강추.), 굳이 노란색 카레 가루가 들어간, 그것도 카레가 아닌데 카레맛이 나는 음식을 찾고 싶진 않다. 문제는 호기심이다. 직업 때문에 생기는 강박일 수도 있다.

한번은 간식을 사러 집 앞 슈퍼마켓에 갔다가 새로 나온 감자칩 과자를 발견했다. 그냥 카레맛도 아니고 치킨 마살라 카레맛 감자칩이란다. 인도식 카레 그림이 그려져 있는 그 감자칩을 도저히 그냥 지나치기 어려워 장바구니에 담았다. 참고로 나는 그냥 소금만 들어간 깔끔한 기본 감자칩을 가장 선호한다. 먹어본 후기는, 음 그냥 카레 가루 뿌린 감자칩이로구먼.

또 다른 날, 식료품 코너에서 카레 케첩을 발견했다. 우리나라 사람들이 이렇게 카레맛이 나는 음식을 좋아했던가? 심지어 국내 레토르트 카레 명가 오뚜기에서 출시한 제품이다. 아니 오 양반, 카레맛 케첩이 웬 말이오. 먹어보진 않았지만, 왠지 카레맛 감자칩보다야 낫겠지 싶었다. 감자튀김에 카레맛 케첩을 찍어 먹으면 맛있을 것 같기도… 아니, 애초에 감자칩과 감자튀김은 비교 대상이 아닌가. 아무튼 대기업에서 신제품을 출시할 때 그냥 내놓는 건 아니겠지 하는 믿음도 있긴 하다. 하지만 앞서 말했다시피 나는 이미 카레맛 감자칩을 먹고 실패한 전적이 있다. 발걸음을 돌렸다.

이런 식으로 몇몇 호된 실패를 겪은 후엔 카레맛 뭐시기에 함부로 도전하지 않는다. 문제는 예상치 못하게 마주치는 카레맛에 있다.

내 입에 백 퍼센트 꼭 맞는 치킨집을 찾지 못한 치킨 유목민이지만, 치킨을 고르는 나름의 기준은 있다. 카레가 들어갔다고 강력히 주장하는 메뉴는 절대 시도하지 않는다. 치킨은 자고로 클래식한 프라이드나 양념이 진리이며, 가끔 마늘맛이나 간장맛까지만 허용한다.

하루는 한 번도 먹어보지 않았던 모 치킨 브랜드에서 새로 나온 마늘 치킨이 맛있다고 하여 마침 집 앞에 있던 치킨집에 간 적이 있다. 전날 유튜브에서 본 치킨 먹방도 한몫을 했다. "님들아, 진짜 이걸 이렇게 먹는다고요?" 마늘 소스에 치킨을 담가두었다가 먹는 메뉴인데, 매운맛이 생각보다 셌는지 입이 짧은 유튜버 언니는 재차 놀란 눈으로 물었다. 마늘이나 고추냉이, 겨자 종류 매운맛에 환장하는 나는 이건 필히 먹어보겠다고 다짐하였고.

치킨집 가장 안쪽 자리로 들어가는 동안, 먼저 먹고 있는 사람들의 테이블에 어떤 메뉴들이 있는지 요리조리 재빠르게 스캔했다. 놀랍게도 테이블마다 소문의 마늘 치킨이 놓여 있었다. 이 정도면 믿고 먹을 수 있겠어. 앉자마자 마늘 치킨에 생맥주 한 잔을 주문했다.

워낙 주문이 많아 계속 치킨을 튀겨냈는지 어쨌

는지, 주문한 지 얼마 지나지 않아 마늘 튀김이 듬뿍 올라간 치킨이 바로 나왔다. 미리 뿌려진 소스가 살짝 부족해 보여 찍어 먹을 마늘 소스는 따로 요청했다. 설레는 마음을 안고 치킨을 마늘 소스에 찍어 먹는데… 잠깐, 이거 카레맛 아니냐?

치킨 자체에서 진한 카레맛이 났다. 정확히는 치킨의 튀김옷에서. 뒤늦게 검색해보니 이곳 치킨은 프라이드도 카레맛이 난다고 한다. 이 점 때문에 호불호가 갈리기도 한다고. 애써 카레맛을 무시하려 노력하며 마늘 소스에 아주 절이듯 담갔다가 먹어도 끝내 입안에 카레 향기가 남았다. 치킨을 먹으면서까지 카레를 만나야만 한다니, 이건 있을 수 없는 일이야….

카레를 업으로 삼기 전에도 어쩔 수 없이 마주한 카레맛 음식 중 기억에 남는 것도 있다. 바로 런던의 김밥천국이라고 할 수 있는 '프레타망제'에서 먹은 카레 수프다. 홋카이도의 수프 카레와는 달리, 말 그대로 서양식 스튜처럼 해석한 카레 수프였다. 영국 음식이 맛없기로 유명하지만, 굳이 런던에 가서까지 하고 많은 음식 중에서 카레 수프를 먹은 건 나의 자의가 아니었다.(나중에 알았지만 인도를 식민지로 두었던 탓에 영국인들은 카레를 즐겨 먹는다고 한다.)

　장시간 비행을 하고 나면, 좁은 공간에 한 자세로 오래 있었던 탓인지 꼭 위장이 꼬여버린다. 세 시간만 지나도 몸이 고장 나기 시작하는데 런던까지는 그 네 배, 약 열두 시간이 걸린다. 이코노미석에 탑승한 누구나 그렇겠지만 정말 미쳐버리는 줄 알았다. 때문에 기내식은 물론이고 간식까지 입도 대지 못하고 그저 끙끙 앓다가 창백한 얼굴로 입국 심사를 받고, 시내로 가는 교통수단에 올랐다.

　문제는 그렇게 한번 속을 버리면, 그게 사흘은 간다는 거다. 밝은 시간대에 서울에서 출발했는데, 시차로 인해 런던에 내렸을 때도 해가 지지 않은 밝은 오후였다. 이 속으로 여행을 망칠 순 없지. 그렇다고 마냥 속을 비우면 안 될 것 같고, 수프 같은 부드러운 음식으로 위를 달랜 후 숙소로 가야 할 것 같았다.

　그렇게 지푸라기라도 잡는 심정으로 들어간 프레타망제는, 이미 음식들이 많이 팔려서 몇 종류 남아 있지 않았다. 수프는 그나마 딱 한 종류만 남았는데 그게 하필 또 카레 수프였다. 어쩔 수 없이 수프를 주문하고 데워져 나온 것을 한입 먹는데, 음… 불편한 속이 더 불편해질 것 같은 강렬한 맛이었다. 잘게 다진 양파와 당근, 셀러리, 토마토가 들어간 걸 보면 평범한 채소 수프 같고, 각종 콩이 들어가 가격 대비 꽤 훌륭한 한 끼 식사이긴 했지만. 심지어 근처 자리에선 엄청난 악취를 풍기는 노숙자가 자꾸만 스프레이처럼 침을 뿜으며 재채기를 해대는 통에 입맛이 뚝뚝 떨어졌다. 결국 몇 술 뜨지 못하고 일어났으나 그때 먹은 카레 수프의 맛이 아직까지도 잊히지 않는 게 신기하다. 컨디션이 좋을 때 먹었으면 런던에 떨어져서 먹는 첫 식사로서 큰 의미가 있었을 텐데 하는 아쉬움 때문일까.

당연한 말이지만, 모든 카레맛 음식을 싫어하는 건 아니다. 대구의 3대 떡볶이 중 하나라는 '중앙떡볶이'에 갔었는데, 카레맛이 나는 떡볶이로 유명하다. 나중에 후기를 찾아보니 카레맛 때문에 싫다는 사람들도 있었다. 가는 날이 장날이라고, 내가 도착

했더니 재료가 똑 떨어져 영접 실패. 다음 날 서울로 돌아가기 직전에야 우여곡절 끝에 먹었는데, 그저 너무 맛있기만 해서 카레맛이 나는지 어떤지도 몰랐다. 그 맛이 계속 생각나고 그리워서 오로지 떡볶이를 먹기 위해 빠른 시일 내 대구에 또다시 내려갔을 정도. 그땐 알고 먹었는데도 카레맛이 그렇게 뚜렷하게 느껴지진 않았다. 하긴, 이건 그냥 카레 가루가 살짝 들어간 떡볶이지, 카레 떡볶이가 아니잖아! 그래도 카레맛이 나서 싫다는 사람도 있다고 하니, 내가 아는 카레맛 음식 중에서 으뜸은 이곳의 떡볶이로 손꼽고 싶다.

그럼 최악은 뭐였냐고? 앞서 말한 감자칩이나 치킨은 아무것도 아니다. 그건 그냥 카레맛이 나는구나 싶은 정도였으니까. 내가 경험한 최악의 카레맛 음식은 카레 부침개다. 들어는 보셨는가, 카레 부침개.

제주도에서 도민 맛집으로 입소문이 났다가 여행객들에게도 유명해진 모 횟집에 갔다. 밑반찬과 회가 정갈하게 세팅되어 인기가 좋은 곳이다. 가격은 2인 기준 10만 원이었으니 결코 저렴한 편은 아니다. 결론부터 말하자면 그곳에서 먹은 음식 중 후식으로 나온 생망고가 가장 맛있었으며, 최악은 단연 밑반찬으로 제공된 카레 부침개였다.

처음엔 부침개가 노란색이길래 무엇으로 색을 냈을까, 경상도식으로 노란 호박을 쪄서 갈아 넣었나? 하고 먹었는데 아… 이 밝은 명도와 높은 채도의 색과 짠맛은, 카레 가루였다. 회를 포함한 그곳의 모든 음식이 맛이 없었는데 카레 가루를 넣어 부친 전이 하이라이트로 충격이라 할 말을 잃었다. 차라리 카레맛을 진하게 했으면 어땠을까 싶은데, 밝은 레몬색이 날 정도로 부침가루에 카레를 살짝만 더했을 뿐이었다. 반죽에 카레 한 방울 떨어뜨린 느낌이라고 해야 할까.

대부분의 음식을 남기고 계산하며 "회를 별로 안 좋아하시나 봐요." 소리까지 듣고 나오는데 그저 하하 웃을 수밖에. 보기에만 좋을 뿐 밑반찬부터 엉망인 횟집의 회 맛에 대해서는 더 첨언하고 싶지 않다. 돈 아까워 죽겠는데 이미 지난 일이니 잊자, 말은 했지만 카레 부침개는 머릿속에서 지워지지 않아

이렇게 글로까지 쓰게 되었다. 카레 가루는 만능이 아니라고요.

카레는 그저 카레로 존재할 때 가장 맛있는 것 같다.

카레의 적정 가격은 얼마인가

어느 순간부터 음식을 먹을 때 가성비를 따지는 사람들이 많아졌다. 외식업계의 큰손인 유명인이 끼친 영향도 절대 무시하지 못할 것이다. 식당에서 음식을 먹을 때 맛이나 양, 재료의 질, 가게 분위기, 서비스 등등 많은 요소를 경험하게 되지만 음식의 가격, 정확히는 가격 대비 맛과 양을 가장 중요하게 고려하는 흐름이 커진 것이다.

카레의 경우엔 어떨까? 저렴하게는 편의점에서 사 먹는 레토르트 3분 카레도 있고, 같은 제품으로 만드는 우리나라 특유의 노란 카레는 분식집에서 5,000원대에 먹을 수 있다. 일본식 카레 체인점은 추가하는 토핑에 따라 달라지지만 대체로 1만 원 전후의 가격이며, 인도 혹은 태국 식당에서 판매하는 카레의 경우 종류에 따라 1인분에 1~2만 원대를 호가한다. 어느 정도 가격대가 있는 레스토랑에서 판매하는 양고기 카레는 3만 원이 훌쩍 넘어가기도 한다.

우리 가게의 경우, 비싼 편이라는 이야기와 저렴한 축에 속한다는 말을 골고루 듣는다. 평범한 카레를 생각하고 왔다면 1만 원 초중반대로 형성된 카레가 비싸게 느껴질 수도 있을 터. 앞서 말했듯 우리나라에서는 레토르트 카레 혹은 급식 카레처럼 밝은 노란색을 한 저렴한 카레가 카레의 대표적인 이미지로 자리 잡았기 때문이다. 하지만 엄청난 양의 양파를 볶고 천연 향신료로 끓여내는 카레를, 반조리 제품으로 쉽게 만드는 평범한 카레와 같은 선상에서 비교할 수는 없다.

카레에 대해서는 유독 가볍게 생각하는 사람들이 많은 것 같다. 조금 더 직설적으로 말하자면 그냥 만만한 음식인 거다. '그거 그냥 채소 대충 볶아서 물이랑 카레 넣고 끓이면 끝인 거 아냐?' 하는 식이다.

2년 전 카레집을 준비하고 있다고 말하자, 지금은 연락하지 않는 지인 중 하나가 느닷없이 "카레는 그냥 양파랑 감자랑 당근 많이 넣고 물 많이 넣고 카레가루 넣어서 국처럼 끓인 다음 퍼먹는 게 가장 맛있는 것 같아."라고 말한 적이 있다. 후려치기였다. "당연히 맛있겠지, 시판 카레에 MSG랑 소금, 설탕이 얼마나 많이 들어가는데." 간단히 답해주었다.

그 사람은 의도가 있는 말이었지만, 대부분의 사람들이 가진 생각도 크게 다르지는 않을 것 같다.

실제로도 가게를 오픈하고 나서 종종 들었던 말이
있다.

"점심 저녁 세 시간씩 운영하고 일주일에 두 번
이나 쉬는데 왜 브레이크 타임이 두 시간씩이나 있
어요? 카레는 그냥 끓이면 되는 거 아닌가. 하루에
여섯 시간만 일하네."

때로는 이런 말도 듣는다.

"나도 카레집이나 할까 봐, 창업하게 비법 전수
좀 해줘요."

첫 번째 질문에 대한 답을 먼저 적어보겠다. 이
는 굳이 나뿐만 아니라 소규모 영업장을 운영하는
자영업자라면 자주 듣는 가시 돋친 질문이기도 할
것이다.

회사원의 경우, 근로계약서에 명시된 시간에만
근무하면 된다. 물론 때에 따라 야근이나 추가 근무
가 있을 수도 있다. 하지만 자영업자의 경우, 영업시
간은 말 그대로 영업시간일 뿐 그게 곧 근무시간인
것은 절대 아니다. 식당은 절대 그렇게 쉽게 굴러가
지 않는다.

영업시간 전후로 밑작업을 하고, 쉬는 시간에도 밥을 먹고 나서 쉴 틈 없이 곧장 일을 시작한다. 시장에서 장 보는 시간까지 합하면 하루 열 시간에서 열두 시간이 자영업자들의 기본적인 근무시간이다. 퇴사 후 창업한 이들이 체력적으로 가장 많이 힘들어하고 멘탈 탈탈 털리는 지점이 바로 여기다. 게다가 요즘은 SNS 계정을 통한 피드백 관리도 있기 때문에 퇴근해도 퇴근을 하지 않은 것 같은 기분이다.

조금만 생각해보면 충분히 머릿속으로 그려볼 수 있을 텐데, 아무래도 직원들을 많이 쓰는 큰 규모의 체인 식당에 익숙한 사람들이 많다 보니 잘 모르고 그런 말을 하는 것 같다. 물론 그럴 수 있다.

브레이크 타임은 왜 있는지에 대해서도 할 이야기가 많다. 각종 재료들을 다듬고, 양파를 볶고, 카레 페이스트를 만들고, 카레를 끓이는 일은 영업시간 중에는 절대로 할 수 없다. 손님이 있는 시간에 양파를 다듬고 페이스트를 볶으면, 가게 안에 있는 모든 손님은 눈이 매워서 눈물 잔치를 벌이게 될 테니까.

오픈 초에 한가하니까 할 일을 미리 해둘까, 하고 한 번 영업시간 내에 양파를 다룬 적이 있다. 익숙해졌기도 하고 렌즈를 껴서 양파의 매운기에 덜 예민했던 나의 불찰이었다. 가게에 있던 모든 손님들의 눈물을 보고, 얼굴이 빨개진 채로 고개 숙여 사과한 일이 있고 나서부터는, 영업시간에 재료 준비를 한 적이 없다.

무엇보다도 전문 식당이기에, 일반 가정에서 카레를 만드는 것과는 조리 과정을 비교할 수 없다. 들어가는 양파의 양부터가 다르다. 가게마다 다르겠지만, 나의 경우 카레 한 솥을 끓일 때 껍질 벗긴 양파를 정확한 무게로 계량해 쓴다. "나도 카레집이나 할래." 하는 이들을 불러 모아 카레 한 솥 끓이는 데 필요한 양파를 다듬고 써는 일만 시켜도, 대부분이 양파 껍질을 까다가 도망갈 것이라고 단언한다. 두 종류의 카레를 준비하면? 두 솥 분량을 썰고 볶아야 한다. 게다가 일주일 치를 한꺼번에 만들지 않고, 매일매일 그날 쓸 것을 새로이 준비한다.

그렇다면 카레 체인점들은 왜 브레이크 타임이 없냐고? 그들은 발주 넣어서 오는 본사 재료를 데우고, 끓이고, 튀기기만 하면 되니까. 재료 다듬으면서 눈 매울 일이 없다는 뜻이다.

이쯤 되면 두 번째 넋두리 — 나도 카레집이나 할까 봐 — 에 대한 답도 되었을 것 같다. 말하는 사람은 "나 정말 퇴사할 거야." "회사 관두고 유튜브나 할까 봐."처럼 아무 생각 없이 하는 말이겠지만, 듣는 사람 입장에서는 나의 노고가 평가절하되는 듯한 느낌을 지울 수 없다. 물론 그들에게 일일이 설명해 줄 수 있는 노릇도 아니기에 언제나 심적으로 지치는 건 나다. 그렇게 아무것도 모르는 사람이라면, 더더욱 하루 만에 이 일을 그만둘 것이 뻔하다.

명절 때면 만나는 친척들이 덕담 삼아 은근슬쩍 잔소리를 얹기도 한다. "사업을 하려면 규모를 늘려야 해, 그러려면 기계화가 필요하다고." 혹은 "박리다매가 최고야, 지금 가격 너무 비싸니까 가격을 조금 내리는 건 어때." 등등. 손님도 아니고 친척한테 이런 소리를 들으면 참을 수 없어져 결국 나도 한마디씩 하게 된다.

그들이 가볍게 던지는 말들을, 나 또한 고민해 보지 않은 것은 아니다. 언젠가 친구에게 상담을 요청했던 적이 있다. 그 친구는 "고민되겠네." 하더니 곧장 이렇게 덧붙였다. "그런데 너는 방망이 깎는 노인 같아서, 절대 쉬운 길 안 갈 것 같아." 그 친구 말이 맞다.

먹는 사람의 입맛은 천차만별이기에, 맛이 있고 없고는 물론이고, 고민한 시간과 정성 들인 흔적을 느꼈는지 여부는 저마다 다를 수밖에 없다. 누군가가 맛없다고 느낀 음식이 누군가에게는 최고의 한 그릇일 수도 있고, 혹은 반대일 수도 있다. 모두가 만족하는 음식은 아마 세상에 없을 것이다. 한마디로, 내 요리로 모든 사람을 만족시킬 수 있다는 생각은 자만이다.

음식에는 대체로 만든 사람의 성정이 고스란히 녹아 있기 마련이다. 긴 시간은 아니지만 가게를 하면서 들었던 칭찬 중 기억에 남는 건, "카레가 만든 사람을 닮았다."는 것. 그리고 "너무 정성이 많이 들어간 카레라 먹기가 아까웠어요." 하는 이야기들이었다.

그래서 어떤 음식이든 단순히 원재료의 값만 보고 가성비를 논하는 건 어리석다는 생각이 든다. 인건비를 비롯해 월세, 가게 운영하는 데 들어가는 각종 공과금과 세금 등은 차치하고서라도, 그 음식을 만들 때 들어가는 정성과 노고는 어떻게 계산한단 말인가. (설마 최저임금?) 제대로 만든 음식의 희소성과 가치는 여기에서 나온다.

아주 가끔은 "카레인데 너무 비싸다!"라고 말하는 손님들이 있다. 그들이 진상이라고는 생각하지 않는다. 한편으로는 "이 동네에서 이 퀄리티면 너무 저렴하게 받으시는 거 아니에요?" "카레도 리필이 되는데 추가 요금을 안 받으시면 뭐로 돈을 버세요?" 하는 분들도 있었다. 같은 값이 매겨진 같은 음식을 먹더라도 이렇게나 반응이 다르다.

우리가 맛있는 음식을 먹고 싶어 하는 건, 식사가 단순히 배를 채우는 것 이상의 경험임을 알기 때문이다. 내가 계속해서 내가 원하는 방식으로 카레를 만들 수 있는 건 그 가치를 알아주는 사람들 덕분이다. 보통은 아무 생각 없이 해야 할 일을 하고 있지만, 간혹 '이렇게까지 해야 하나?' 하는 생각이 들 때마다, 나를 다시 잡아주는 기준점이자 계속해서 신념대로 일을 할 수 있도록 북돋워주는 감사한 원 동력이다.

파스 맛 카르다몸

가루를 내지 않고 원형 그대로를 유지한 향신료를 '홀 스파이스'라고 한다. 보통 기름에 가열해 향을 내서 쓴다. 카레를 만들 때 쓰는 홀 스파이스 중엔 우리가 흔히 아는 시나몬 스틱이나 월계수잎도 포함되고, 커민, 클로브(정향), 카르다몸, 겨자씨, 펜넬, 호로파씨, 팔각 등이 있다.

나는 카레를 만들 때 홀 스파이스를 풍부하게 쓰는 편이다. 필요한 홀 스파이스들을 계량 후 종류별로 정갈하게 담아놓으면 아름답게 빛나는 보석들을 보는 느낌이다. 카레를 먹을 때 씹히지 않도록 기름에 홀 스파이스를 넣어두어 미리 향신료 기름을 만들어 쓰거나, 홀 스파이스를 볶은 후 분쇄기로 갈아 쓰는 방법도 있지만, 향신료가 지닌 향을 확실히 발산하기 위해서는 통째로 기름에 넣어 달구는 것을 추천한다. 뜨거운 기름과 홀 스파이스가 만났을 때 나는 독특한 향도 좋다. 카르다몸이 동그랗게 부풀고 겨자씨나 커민이 타닥타닥 소리를 내며 튀기 시작하면 향신료 기름이 완성되었다는 뜻이다. 이때 기름에 폭발하듯 튀어 오른 홀 스파이스에 맞으면 무척 뜨겁고 아프니 주의해야 한다. 기름에 향이 우러나게 한 뒤 바로 얇게 썬 양파를 넣어 볶고, 가루 향신료 믹스를 더해 카레 페이스트를 완성한다.

그동안 손님들로부터 가장 많은 질문을 받은, 홀 스파이스계 신경 쓰이는 재료 1위는 그린 카르다몸이다. 얼핏 보면 연둣빛 피스타치오 같은 생김새를 한 그린 카르다몸은, 깨물면 속에서 새카만 씨가 나오면서 순간적으로 시원한 맛이 난다. 세제 맛이나 파스 맛으로 표현하는 손님도 있다.

사실 카르다몸의 존재를 알게 된 건 카레 때문이 아니다. 한때 나는 북유럽의 커피 문화, 피카(fika)에 대한 호기심이 상당했다. 그들이 커피에 곁들여 먹는 시나몬 번을 먹어보고 싶다는 욕망 하나만으로 여러 레시피를 찾아보았던 적이 있다. 웬걸, 예상과 달리 시나몬 번을 만들 땐 시나몬 파우더만 들어가는 것이 아니었다. 홀 카르다몸을 빻거나 가루 카르다몸을 더한다. 아예 시나몬 번의 친구 같은 느낌으로 만드는 카르다몸 번도 있다.

처음 북유럽식 시나몬 번을 먹은 건 런던에서였다. 런던의 유명한 노르딕 카페에서 커피와 함께 시나몬 번을 포장해 근처 공원에서 작은 피크닉을 즐겼다. 그런데 시나몬 번은 내가 알던 것과 모양새부터 달랐다. 돌돌 말린 소용돌이 형태가 아니라 머리 땋듯 꼬아놓은 형태라고 해야 할까. 시나몬 번에 흔히 올라가는 진득한 아이싱도 없고, 그저 간단하게 우박 설탕만 몇 개 박혀 있었다.

아이싱이 없어 단맛은 덜하겠다고 생각하며 빵을 한입 먹었을 때, 세상에 얼마나 놀랐는지! 예상했던 포근한 시나몬의 맛보다 알싸하고 강렬한 향이 입안을 강타했다. '도대체 이게 무슨 향신료일까?' 궁금해하며 친구에게 한입 먹어보라고 건네주었다. 친구는 미묘한 표정을 짓더니 너 다 먹으라며 얼른 빵을 돌려주었다. 나는 무척 생소하지만 새로운 맛 경험에 마냥 기뻐하며, 남은 카르다몸 빵을 커피와 함께 냠냠 해치웠다. 북유럽의 정취를 물씬 담은 시나몬 번이 너무나도 매력적이어서, 배가 불러 다른 베이커리를 맛보지 못한 게 아쉬울 정도였다. 이렇게 흔히 먹는 빵에 이 정도 향신료를 쓴다면, 다른 빵이나 과자들도 예외는 아닐 거란 묘한 기대감이 들었다.

이후 북유럽에 가보지는 못했지만, 도쿄에 갔을 때 노르웨이 커피 전문점인 '푸글렌'에서 다시 카르다몸을 넣은 빵을 만날 수 있었다. 말로만 들었던 카르다몸 번을 만난 순간이었다. 이곳에선 시나몬 번과 카르다몸 번을 구분해서 판매하고 있었는데, 매번 늦은 시간까지 매대에 쓸쓸히 남아 있는 빵은 카르다몸 번이었다. 그러나 나는 오로지 카르다몸 번 때문에 이 카페를 몇 번 더 방문했고, 지금도 종종 그 맛이 너무 그립다.

푸글렌에서 맛본 카르다몸 번은, 정확한 레시피는 모르겠지만 반죽에 호밀을 더해 구수한 맛이 났다. 호밀 특유의 향과 질감이 카르다몸과 만나 완벽한 마리아주를 이뤘다고 표현하고 싶다. 마리아주는 원래 와인과 음식의 궁합을 일컫는 말이지만, 이번만큼은 이 단어를 쓰고 싶다. 그만큼 풍미가 작렬했다. 아주 곱지만은 않게 입자가 조금 남도록 빻은 카르다몸이 중간중간 씹히는 그 멋진 빵을, 또 어디를 가야 만날 수 있을까. 약배전을 해 가볍고 산뜻한 향이 일품인 푸글렌의 커피와도 너무 잘 어울리는 빵이었다.

푸글렌을 잊을 수 없는 이유 중 또 하나는 카르다몸 비스코티다. 보통 견과류나 건과일을 넣어 고소한 단맛을 내는 이탈리아식 과자 비스코티에 향신료를 더하다니, 그것도 카르다몸을! 비스코티에 들어간 카르다몸은 껍질을 깠을 때 나오는 검은 씨앗들을 그대로 넣어서, 카르다몸 번을 먹을 때보다 그 향이 확실하게 느껴졌다. 빵이 아닌 과자에까지 강렬한 향신료를 듬뿍 넣어 굽다니. 다른 향신료도 아니고 카르다몸을!

카르다몸 번과 카르다몸 비스코티를 만난 후, 카르다몸이 들어가는 베이커리 레시피를 틈날 때마다 찾아보곤 했다. 카르다몸의 시원한 향 덕분일까, 유독 레몬이나 오렌지 같은 시트러스 계열과 함께 쓰는 레시피가 많았다. 레몬 카르다몸 쇼트브레드, 레몬 카르다몸 케이크 등등. 카레를 만들면서 향신료의 매력을 더 많이 깨우친 나로서는, 다른 방법으로도 카르다몸을 쓰고 싶은 욕심이 샘솟았다.

취미로 케이크나 구움과자를 종종 굽는 나의 인스타그램을 오랫동안 봐온 손님들은 언젠가는 베이커리도 판매해달라고 요청하곤 했다. 막연하게 머릿속으로만 그리던 것들을 시도할 기회가 마침 찾아왔다. 여러 유명 브랜드와 개인 상점들이 참여하는 한 마켓에 참가 제의를 받은 것이다. 카레집에서 판매하는 베이커리는 뭔가 달라야 하지 않겠는가. 길게 생각하지 않고, 이 기회를 빌려 레몬 카르다몸 케이크를 만들어야겠다고 결정했다. 레몬 모양 틀에 케이크 반죽을 붓고, 카르다몸을 빻아 나온 씨앗 여러 알을 넣었다. 구워져 나온 케이크는 식힌 후 얇게 레몬 아이싱을 입히고, 레몬 제스트를 얹어 완성했다.

　　행사에서 판매한 레몬 카르다몸 케이크는, 결론부터 말하자면 호불호가 엄청나게 갈렸다. 처음 먹어보는 맛이라 너무 맛있었다는 손님도 있었고, 어려운 맛이었다는 반응도 있었다. 어느 정도 예상했던 바다. 그래도 생각보다 좋은 후기가 많아서, 새로운 시도를 하길 잘했다고 생각했다.

　　이렇게 카르다몸은 호불호 갈리는 향신료지만, 카레를 만들 땐 빠질 수 없는 메인 향신료다. 종종 "이 향신료를 빼고 주문할 수도 있나요?"라고 물어보는 분들도 있는데, 안타깝지만 카레를 만드는 첫 단계부터 들어가는 향신료라 제외는 불가능하다.

카레 고수 혹은 향신료 고수라고 해도 될 법한 단골손님들은 카레를 먹다 카르다몸이 씹히면 무척 반가워한다. "오늘은 카르다몸을 세 알이나 씹어서 로또 된 것 같았어요!" 카르다몸에서 행운을 느낀 분도 있었다. 프랑스에서 동방박사가 예수 탄생을 축하한 날인 1월 6일 공현절에 먹는 갈레트 데 루아*에 숨어 있던 작은 도자기 인형, 페브를 발견했을 때의 기분 같은 걸까? 심지어 카르다몸 껍질까지 꼭꼭 씹어 삼키는 분도 있다.

실제로 카르다몸은 그냥 생으로 씹어 먹기도 한다. 향신료를 사러 이태원의 한 상점에 갔던 날, 카르다몸을 집어 든 내게 옆에 서 있던 아랍인이 말을 걸었다.

"그건 카르다몸이라는 향신료야! 몸에 정말 좋아. 특히 심장에 좋아서, 그냥 영양제처럼 막 씹어 먹

---

* 프랑스어로 '왕의 과자'인 갈레트 데 루아는 딱 한 개의 페브를 숨겨 굽는데, 갈레트를 먹다 페브를 발견한 행운의 주인공만 이 왕관을 쓰고 소원을 빌 수 있다.

어도 돼. 그런데 너는 그걸 뭐에 쓰려고 사는 거니?"

한국식 영어 교육의 피해자 중 하나인 나는 그의 말을 모두 알아듣긴 했으나, 즉각 답을 하려니 조금 난감했다. 응, 나는 카레 만드는 사람인데, 카레에 쓰려고 이걸 사는 거야. 어렵사리 대답했는데 그는 잘 알아듣지 못한 것 같았다. 일단 동양인 여자애가 카레를 만든다는 것부터 받아들이지 못한 것 같았다. 그는 뒤이어 단호하게 말했다. "카레에는 카르다몸을 쓰지 않아!" 그러든가 말든가. 딱히 할 말이 없어 그냥 어깨를 으쓱하고 하던 쇼핑을 계속했다.

오랜 시간이 흐른 뒤에야 아마 그의 나라에서는 카레를 만들 때 카르다몸을 쓰지 않을 수도 있겠다는 생각이 들었다. 카레는 생각보다 지역별로 스펙트럼이 넓은 음식이다. 나라마다는 물론이고 같은 나라라 할지라도 지역별로 꼭 써야 하는 향신료가 있고, 절대로 쓰지 않는 향신료도 있을 것이다. 인도 북부에서는 커민을 통으로 쓰고, 남부에서는 겨자씨를 통으로 쓰는 것처럼.

그 단호한 아랍인이 정확히 어느 나라 출신인지는 모르겠으나, 그가 살았던 곳에서는 향신료 소스 요리에 카르다몸을 쓰지 않았던 게 분명하다. 한식으로 따지자면, 일본에서 고춧가루가 아닌 파프리카 가루를 써서 양념을 만들어 배추에 버무려놓고선 이게 바로 김치라고 주장하는… 뭐 그런 모습과 비슷하게 느껴졌을지도 모르는 일이다. 그러거나 말거나, 내 카레에는 오늘도 파스 맛 카르다몸이 들어간다.

이거 원래 치과 맛이 나요?

한참 카레를 먹던 손님들이 "이게 뭐예요?" 하며 숟가락에 향신료를 올려놓고 궁금해하는 경우가 종종 있다. 어디 보자. 오늘의 향신료는 클로브 되시겠다. 신경 쓰이는 이 구역 향신료 짱은 앞서 말한 카르다몸이지만, 오른팔 클로브도 꽤 많은 주목을 받는다. 정향이라는 이름으로도 우리나라에 꽤 알려진 클로브는 말린 꽃봉오리 형태를 그대로 가지고 있다. 끝이 뾰족해 뱅쇼를 끓일 때 오렌지 껍질에 쏙쏙 박거나, 고기 요리 전처리 작업 때도 표면에 박는다. 이러한 연유로 '못 정(丁)' 자에 '향 향(香)' 자를 더해 '정향'이라는 이름이 된 것이다. 잘못 조리하면 쓴맛만 남기지만, 적당한 발향 타이밍을 잘 지키면 특유의 달콤한 향을 뽑아낼 수 있다.

만든 지 얼마 안 된 카레 속 클로브는 제법 딱딱하다. 씹으면 후추처럼 까맣고 둥근 꽃봉오리 부분만 입안에서 부스러지고, 뾰족한 꽃대는 이내 뱉게 된다. 하지만 카레가 숙성되고 나면 클로브의 꽃대도 물기를 먹어 녹진해진다. 그러면 입에서 부드럽게 씹혀, 꽃대까지 알게 모르게 먹게 된다. "방금 향이 진한 뭔가를 씹었는데 뭔지 모르겠어!" 하는 손님들의 반응은 대체로 클로브를 씹었을 때 나오는 것이다.

대중에게 다소 생소한 향신료의 경우 맛을 표현하기가 애매한 반면, 클로브는 비교적 명확하게 설명할 수 있다. 클로브는 명백히 '치과 맛'이 난다. 클로브가 담긴 저장 용기 뚜껑을 열면, 갑자기 부엌에서 치과 냄새가 확 풍긴다. 보통 병원에서 나는 소독약 냄새와는 다르다. 치과에서만 맡을 수 있는 알싸한 듯 달콤한 냄새를 떠올려보라. 딱, 그 맛이다.

대학생 때 대형 커피 전문점에서 일한 적이 있다. 아주 가끔 밀크티 종류를 찾는 손님들도 있었는데, 그중에서도 차이티는 하루에 한두 잔 나갈까 말까 하는 비주류 음료였다. 같은 타임에 근무하던 2년 차 선배로부터 차이티가 무슨 맛이냐는 질문을 받으면, '감기가 뚝 떨어지는 맛'이라고 답하라는 팁을 얻었다. 기회가 된다면 꼭 써먹어야지, 속으로 수없이 상황을 그려보았다.

얼마 지나지 않아, 차이티를 궁금해하는 손님이 나타났다. 두둥. 배운 것을 써먹을 절호의 기회였다.

나는 퍽 다정하게 말했다. 감기 기운이 있거나 목이 칼칼할 때 드시면 좋아요. 호기심을 이기지 못한 손님은 결국 차이티를 주문했다. 대체 감기 떨어지는 맛이 무슨 맛이지, 하는 표정으로. 그렇게 픽업대에서 음료를 받자마자 한 모금 마신 손님이 내뱉은 말.

"이거… 원래 치과 맛이 나요?"

음료를 제조할 때부터 아, 이거 분명 아는 냄새인데. 딱히 표현할 길이 없어 나도 궁금했건만. 찾았다. 이 맛과 향은, 치과에서 나는 냄새 그대로다. 안타깝게도 치과 향 차이티는 손님 입에 맞지 않았지만, 그와 별개로 그는 꽤 직관적인 입맛과 표현력을 가진 사람이었던 게 분명하다.

놀라운 건 실제로 클로브가 치통 치료제로도 쓰인다는 것이다. 클로브의 주 생산국인 인도네시아에서는 치통을 느낄 때면 클로브 한 개를 해당 치아 사이에 끼워 꽉 물고 있다고 한다. 우리나라의 경우 예부터 궁중에서 구취 제거를 위해 씹었다고 전해진다. 정향이라는 단어에서 이미 알아차린 분들도 있겠지만, 클로브는 한약 재료로도 흔히 쓰인다.

게다가 '감기 떨어지는 맛'이라 표현한 2년 차 선배의 말대로, 클로브는 감기에 효능이 좋은 향신료이기도 하다. 앞서 말했듯 뱅쇼를 끓일 때도 빠지지 않고 들어가는 향신료가 바로 클로브다. 우리나라에선 감기에 걸렸을 때 쌍화차를 마시지만, 프랑스에서는 뱅쇼를 마신다. 뱅쇼를 센 불로 팔팔 끓여 알코올을 날리기만 하면, 어린아이들도 충분히 마실 수 있는 감기약이 된다.

클로브는 레몬 생강차를 끓일 때도 필수다. 물에 얇게 저민 생강을 듬뿍 넣고 약한 불로 우려낼 때, 카르다몸과 클로브를 통째로 넣어보시라. 가능하다면 카피르 라임잎 한 줌과 시나몬 스틱 하나도 더한다. 만약 여기서 더 가능하다면 일반 생강 대신 인도네시아 생강인 갈랑갈을 쓰는 것이 좋다. 이렇게 향신료를 충분히 우려낸 후 마지막으로 레몬즙을 넣어 한소끔 끓이고 마지막에 꿀로 단맛을 더하면, 보통의 레몬 생강차가 아닌 인도네시아 생강차 반드렉이 완성된다. 스파이스 카레에 관심이 생겨 향신료를 여러 종류 구입했는데 당최 다른 방식으로는 어떻게 소비해야 할지 모르겠다는 이들에게 강력 추천하는 레시피다.

클로브는 베이킹에도 생각보다 두루두루 쓰인다. 개인적으로 클로브는 당근 케이크를 만들 때 절대 빼놓을 수 없는 향신료다. 보통 시나몬 가루만 쓰고 옵션으로 너트메그(육두구)를 더하는 정도의 레시피가 대부분이지만, 나는 거기에 소량의 생강가루와 함께 클로브 꽃봉오리 부분을 잘게 부숴 더한다. 클로브는 향이 센 편이라 케이크 한 판을 구울 때 몇 알 정도 쓸 뿐이지만, 클로브를 쓰고 안 쓰고의 차이는 엄청나다. 클로브가 들어가지 않은 당근 케이크는 왠지 모르게 밋밋한 느낌이라고 해야 할까. 나는 진저 브레드 쿠키를 구울 때도, 펌킨 파이를 구울 때도 클로브를 꼭 넣는다.

클로브는 향신료 중에서도 꽤 비싼 편에 속하지만, 한 번 구비해두면 꽤 오랫동안 필요할 때 꺼내 쓸 수 있다. 그 매력을 아는 이들이라면 부엌 찬장에 꼭 하나쯤 들여놓길 권한다.

양배추 피클 더 주세요

우리나라 사람들은 카레에 곁들이는 단일 반찬 하면 당연하게 김치를 떠올릴 듯하다. 그도 그럴 것이 학창 시절 급식으로 카레라이스가 나오는 날이면 꼭 반찬으로는 깍두기가 나왔으니까. 빨간 고춧가루 양념을 한 단무지 무침도 함께. 국은 주로 멀건 감잣국이었던 걸로 기억한다.

집에서도 카레를 먹을 땐 냉장고에 있는 김치 한 가지만 놓고 단출하게 식사를 한다. 하물며 우리나라에 정착한 일본식 카레 전문점에서도 밑반찬으로 깍두기를 꼭 준비해놓는다.

하지만 카레의 향신료맛이 강하면 강할수록, 카레 옆 김치의 공식은 깨진다. 우리나라 특유의 노란 카레는 강황이 많이 들어간다. 강황은 사실 카레에서 주된 향신료로 쓰이지 않는데 특유의 텁텁하고 씁쓸한 맛 때문이다. 그래서 우리나라의 노란색 카레가 젓갈을 넣어 시원하게 발효한 김치와 궁합이 좋게 느껴지는지도 모르겠다. 게다가 강황이 많이 들어간 카레와 김치를 함께 먹으면, 다른 맛보다도 칼칼함이 도드라지게 된다.

개인적으로는 바로 이 때문에 향신료 카레와 김치는 결국 어울리지 않는다고 생각한다. 김치의 맛이 카레의 향신료맛을 씻어내고, 매운맛만을 '거칠게' 남긴다. 그렇다면 향신료 카레가 메인인 인도에선 카레에 어떤 반찬을 곁들일까?

인도엔 '아차루'라는 이름의 양배추 반찬이 있다. 양배추에 각종 향신료를 조금씩 더해 살짝 볶은 다음 기름으로 채워 병조림해 보관한다. 설명만 들으면 완전 느끼할 것 같지만 전혀 그렇지 않다.

인도에 가본 적이 없는 나에게 처음 아차루를 맛보여준 곳은 도쿄였다. 카레 출장을 갔을 때였다. 추가할 수 있는 옵션으로 아차루가 있었는데 그때만 해도 아차루가 뭔지 잘 몰랐다. 그저 모르는 거니 한번 시도해보자며 주문했다. 아삭함이 꽤 잘 살아 있는 향신료 양배추 무침은 카레와 무척 잘 어울렸다. 아차루에서 배어 나오는 향신료 기름이 카레의 맛을 마무리하듯 템퍼링해주는 듯한 효과도 있었다. 무엇보다도 카레만 먹었으면 뭉글뭉글 심심했을 뻔한 식감을 아작아작 씹히는 아차루가 산뜻하게 보완해줬다. 채소를 챙겨 먹는다는 뿌듯함마저 느껴졌다. 게다가 양배추는 지용성 비타민을 주로 함유하고 있으니 아차루 조리법이야말로 양배추의 영양소를 가장 온전히 섭취하는 황금 레시피라고 할 수 있겠다.

　　이때 갔던 도쿄의 또 다른 카레집에서는 카레를 서빙하고 나서 양배추를 썰어 넣은 커다란 유리병을 주며 카레에 얹어 먹으라고 설명해주었다. 처음엔 피클인 줄 알았는데, 아니었다. 그렇다고 해서 기름에 넣어둔 아차루도 아니었다. 아삭하면서도 상큼한 맛이 좋아서 카레보다 오히려 양배추를 집중해서 먹었을 정도였다.

　　나중에 알고 보니 그건 자우어크라우트였다. 독일식 김치라고 불리는, 독일의 발효 음식 중 하나다. 주로 샌드위치나 햄, 소시지 등 가공육에 곁들여 먹는다. 무시무시한 이름과 달리 만드는 법은 간단하다. 양배추를 썰어 소금을 뿌린 후 볼에 담아 30분 정도 조물조물 치대준다. 소금 때문에 양배추의 숨이 죽고 물기가 배어 나오는 상태가 되면, 소독한 병에 담아 숙성시켜 먹으면 된다. 아마도 카레집 주인이 아차루를 대체할 수 있으면서 카레와 잘 어울릴 만한 새로운 반찬이 뭐가 있을까, 고민하다가 자우어크라우트를 시도했던 게 아닐까 예상해본다.

자우어크라우트는 다이어트에도 도움이 되는 발효 식품으로 알려져 있다. 샐러드처럼 꾸준히 섭취하면 체중 감량을 할 수 있다고 하는데, 시도해보지 않아서 정확한 바는 모르겠다. 분명한 건 웬만한 서양식에 곁들임으로 잘 어울리는 자우어크라우트가 카레에도 잘 어울린다는 사실이다.

카레집을 준비하면서 반찬으로 김치를 준비하지 않기로 한 건 앞서 말한 대로 내가 가진 알량한 카레 철학 때문이었다. 집 카레의 디폴트, 노란색 카레에는 김치가 어울린다. 이건 정말 인정하는 바다. 하지만 그렇다고 해서 향신료 카레까지 김치와 먹는 건 아무리 생각해도 아니었다. 무엇보다도 김치의 진한 양념은 우리 가게 카레의 향신료맛을 모두 지워버리고, 입안에 쿰쿰한 젓갈의 맛과 칼칼한 고춧가루 식감만 남기고 만다. 오랜 테스팅의 결과다.

반찬이란 자고로 메인이 되는 음식의 단점을 지우기보다는 장점을 돋워주고 조화를 이루는 것이어야만 한다. 고민 끝에 우리 가게는 양배추 피클을 준비하게 되었다. 카레와 함께 아차루, 자우어크라우트를 먹었던 경험이 너무 좋았기에 필연적인 선택이었다. 똑같이 양배추를 이용하되 아차루나 자우어크라우트보다는 좀 더 무난한 반찬이려면… 그래, 역시 피클이지! 보통 카레집에서 준비하는 피클이 대부분 무 피클이라는 걸 생각하면 차별화하기에도 좋을 것 같았다.(지금이야 양배추 피클 주는 카레집이 많지만, 내가 가게 문을 열 때만 해도 드물었다.)

그리하여 많은 가짓수의 향신료가 이미 배합된 피클링 스파이스를 써서 만드는 피클이 아니라, 카레에도 들어가는 향신료 중 몇 가지만 사용해 너무 시거나 달거나 짜지 않은 양배추 피클 레시피를 만들었다. 핵심은 양배추라는 재료의 본성을 최대한 해치지 않으면서 카레와 함께 먹기 좋을 것.

그렇게 준비한 양배추 피클에 대한 반응은 폭발적이었다. 카레도 맛있지만, 양배추 피클이 너무 맛있다고 강조하는 분들도 계셨고, 피클만 몇 번을 리

필하거나 제발 팔아달라고 하는 손님도 있었다. 종종 어떻게 만드는지 레시피를 물어보는 분들도 있다. 어찌 보면 참 별것 아닌 양배추 피클이 우리 가게의 시그니처로 자리 잡은 것이 신기하기도 하다. 분명한 건 양배추 피클이 카레와 찰떡궁합이라는 것! (리필 환영.)

과즙 가득 달콤해

예능 〈효리네 민박〉에서 이효리의 남편 이상순이 조식으로 카레를 만드는 장면이 있었다. 평범한 노란색 카레 가루를 넣어 만든 이상순의 카레가 심심한 화젯거리가 되었던 이유는, 그가 카레를 만들면서 바나나를 숭덩숭덩 썰어 넣었기 때문이다.

　　우리나라 사람들은 과일을 익혀 먹는 일에 익숙하지 않은 편이다. '자고로 과일은 시원하고 아삭아삭하게, 조리하지 않은 그대로 신선하게 섭취하는 것이지!' 하는 생각이 워낙 강해서, 조리한 형태의 과일을 보면 일단 낯설어한다. 천도복숭아나 살구를 구워 샐러드에 곁들이고, 바나나를 캐러멜라이즈하듯 구워 프렌치토스트에 얹고, 배에 럼을 더해 플랑베를 하는 등등의 조리법은 서양에서는 이미 흔한 방식이다. 그러나 우리나라 사람들은 애초에 과일을 따뜻하게 먹는 것에 거부감이 있고, 구우면서 물러지는 식감도 대체로 좋아하지 않는다. 파인애플과 햄을 얹어 굽는 하와이안 피자가 호불호 갈리는 대표 음식으로 늘 손꼽히는 것을 보라. 익힌 과일에 대한 우리나라 사람들의 편견 혹은 취향이 꽤 확고하다는 걸 알 수 있다.

이상순이 만든 바나나 카레 또한 '맛있을 것 같다'는 반응과 '저걸 대체 무슨 맛으로 먹냐'는 반응이 극명하게 갈렸다. 하기야 다섯 가지 맛 중 매운맛, 짠맛이 대표적이라고 여겨지는 카레에 과일의 단맛이라니. 상상이 잘 안 되는 부분은 분명 있다.

그러나 우리가 알게 모르게 흔히 접해온 과일 카레가 있다. 바로 시판되는 바몬드 카레다. 바몬드 카레의 포장을 자세히 보면 사과와 꿀이 그려져 있는 걸 볼 수 있는데, 사실 바몬드 카레를 먹으면서 사과맛이나 꿀맛을 느낀 사람이 많지는 않을 것 같다. 그도 그럴 것이 사과는 농축액으로 소량 들어가고, 비싼 꿀은 그보다 더 적게, 꿀벌이 스쳐 지나간 정도로만 들어가니까.

사과와 꿀이 들어간 카레 이름이 바몬드 카레가 된 계기는 다소 황당하다. 미국 버몬트주의 한 의사가 매일 사과와 꿀을 먹으면 건강에 좋다는 연구 결과를 발표한 적이 있다. 이 연구 결과를 미국보다 적극적으로 수용한 나라가 있으니, 바로 일본이다. 사과와 꿀을 건강식품처럼 섭취하는 유행이 시작할 무렵, 일본의 대표적인 카레 회사인 하우스 사에서 '사과와 꿀을 넣어 맛도 좋고 건강에도 좋은 카레'라는 선전을 하며 신제품을 내놓은 것이다. 그 카레의 이름이 바몬드 카레다. 국내에서는 오뚜기에서 바몬드 카레를 선보였고. 여기까지 읽은 분들 모두 짐작했을 것이다. 설마 바몬드가 버몬트주의 버몬트인가요. 네, 그 버몬트의 일본어 표기가 맞습니다.

현재 바몬드 카레는 건강에 좋은 카레라기보다는 일반 카레보다 조금 부드럽고 단맛이 있는, 조금 더 가격이 나가는 변형 카레 정도로 여겨지는 듯하다. 바몬드 카레의 방식을 그대로 적용해 직접 카레를 만든다면 어떨까? 농축한 사과잼과 꿀을 넣어 끓인 카레는 상상만으로도 맛있다. 어차피 카레 가루나 고형 카레 제품에도 정백당이 포함되어 있으니, 보다 건강한 당원과 풍부한 맛을 더한다는 것에 큰 의미가 있다.

아마 어릴 때 엄마가 사과를 깍둑썰기해 카레에 넣어 끓여준 경험이 있는 이들이 꽤 있을 것이다. 아마 그 시절 사과 카레를 만든 어머니들은 바몬드 카레 제품에 그려진 사과 그림을 보고 시도해보지 않았을까 싶다.

　나의 경우 처음 엄마가 만든 사과 카레를 접했을 때 '어떻게 이런 괴상한 카레를 만들 수 있어!'라고 생각했으나 막상 물렁물렁해진 사과를 먹어보니 식감을 차치하고서도 오히려 생과를 먹는 것보다 달았던 기억이다. 하긴 애플파이 속 푹 졸인 사과는 얼마든지 맛있게 먹지 않았던가. 딱히 편식하지 않는 편이었던 나는 그렇게 사과 카레를 별 불만 없이 맛있게 먹었다. 그렇다고 아주 선호하는 것도 아니었고. 요즘엔 카레에 사과를 쓸 일이 있다면 갈아서 넣거나 사과잼을 쓰지만, 가끔 매콤한 카레에 들어간 물렁한 사과의 식감과 단맛이 당길 때가 있기도 하다.

　카레의 본고장 인도에서도 카레에 과일을 적극적으로 활용한다. 특히 남인도 케랄라 지방에서 만드는 풋망고 카레가 유명하다. 설익은 연둣빛의 망고를 깍둑썰기해 카레에 넣어 끓이고, 타마린드 열매의 즙을 내 산미를 더한다. 풋망고의 맛과 향이 어떨지 도저히 상상되지 않지만, 채 익지 않아 단단한 망고가 끓이는 과정을 통해 물러지고 단맛이 들겠지

하는 정도는 머릿속으로 충분히 그려진다.

머릿속에 그려만 놓을쏘냐. 풋망고를 구할 수 없어 일반 노란 망고와 타마린드 즙을 넣어 케랄라 풍 카레를 만들어본 적이 있다. 더운 날씨에 먹으면 딱 좋을 것 같은 새콤달콤한 맛이었다.

바나나와 사과, 망고 정도만 카레에 활용하는 건 아니다. 무려 체리를 넣어 만드는 레시피도 있다. 망고처럼 썰어 넣기도 하고, 잘 찧어서 페이스트로 만들어 넣기도 한다. 체리로 단맛과 풍미를 더한 카레는 또 다른 매력이 있을 것 같다고 줄곧 생각했다.

그러다 우연히 체리가 들어간 카레를 먹게 됐다. 네팔의 한 카레집에서 다소 생소한 카레들을 주문한 날이었다. 카레를 먹는데 단맛 나는 무언가가 씹혀서 소스 보트를 뒤져보니, 체리가 나왔다. 생과 체리가 아닌, 칵테일 통조림으로 쓰는 마라시노 꼭지 체리가. 어릴 때 마라시노 체리의 들척지근한 맛을 실제 체리맛으로 생각해 무척 싫어했던 기억을 떠올리게 하는 맛이었다.

통조림 체리를 쓴 건 현지 셰프들의 어쩔 수 없

는 타협이었을 것이다. 우리나라에서 체리 카레를 만든다면 어떨까. 생체리를 쓰는 건 아무래도 단가가 맞지 않으니까, 블랙 체리를 넣어 카레를 만들면 판매가를 얼마로 정해야 하나. 잠시 계산해보아도 잘 모르겠다. 사실 네팔 카레집에서 먹은 통조림 체리가 들어간 카레도 저렴한 편은 아니었다.

그러고 보니 나는 카레를 만들 때 꽤 다양한 과일을 써온 편이다. 사과부터 시작해 바나나, 망고, 복숭아, 파인애플 등등. 심지어 건포도도 썼다. 웬 건포도냐며 극혐하는 표정을 지을 몇몇 독자분들의 얼굴이 벌써 그려진다. 그런데 희한한 건 건포도와 카레는 예상 밖으로 정말 잘 어울린다는 것이다. 건포도 카레를 처음 접한 건 카레 출장을 갔던 오사카에서였다.

스파이스 카레의 본고장으로 유명한 오사카에서도 건포도 카레의 시발점으로 알려진 'colombia 8'. 판매하는 카레는 딱 두 종류다. 기본 키마 카레와 매운맛 키마 카레. 우리가 흔히 생각하듯 수분을 날린 드라이한 키마 카레가 아니라 묽은 국물 느낌의

키마 카레다.●

접시 가장자리에 잘게 부순 호로파잎을 뿌리고, 묽은 키마 카레 소스를 밥 위로 끼얹는다. 가니시로 튀김기에서 금방 튀겨낸 작은 꽈리고추를 맨 위에 얹은 후 카레 그릇을 내어준다. 직접 먹어보니 잘게 다진 캐슈너트 가루까지 듬뿍 뿌려 고소한 맛이 일품이었다. 캐슈너트는 카레에 가장 많이 쓰는 견과류이긴 하나 키마 카레와 먹는 것은 처음이었는데, 그 고소한 맛이 꽤 잘 어울렸다. 나도 꼭 활용해야지, 생각하면서 한술 더 뜨는데 익숙한 단맛이 입에 퍼졌다. 분명 아는 맛인데 무엇이지? 하고 접시를 들여다보니 징검다리처럼 놓인 건포도가 눈에 들어온다. 카레와 먹을 때 잘 씹힐 수 있도록 충분히 불린 건포도였다. 건포도와 키마 카레를 함께 먹는 순간 전해지는 자연스러운 농축된 단맛. 무척이나 매력 있었다.

그렇다고 가게에서 건포도 카레를 바로 시도하

● 키마 카레가 곧 드라이 카레라는 건 잘못된 생각이다. 간 고기를 쓴 카레라면 카레의 묽은 정도와 상관 없이 모두 키마 카레라는 이름을 쓸 수 있다.

기엔 잠시 생각해봐야 할 점이 있었다. 건포도 자체가 하와이안 피자 위의 파인애플만큼이나 호불호가 갈리는 재료라는 것이다. 모카빵이나 시나몬롤, 롤케이크 앞에서 건포도를 발견하고 갑자기 꽝을 뽑은 표정이 되는 이들이 있다. 실제로 건포도를 싫어하는 사람이 워낙 많아서 건포도를 크랜베리로 대체하는 빵집들도 많다.

하지만 이 지점에서 나는 건포도보다 크랜베리를 더 싫어한다. 크랜베리는 신맛이 정말 강해서 생과를 건조했을 때도 그대로 섭취가 어려울 정도다. 때문에 다른 건과일들과 달리 설탕을 입혀 건조시킨다. 대략 크랜베리 70%에 설탕 30% 비율이니, 결코 적지 않은 양의 설탕이 들어가는 셈이다.

카레에 건포도를 쓰고는 싶은데, 절대 크랜베리로 대체할 수는 없어서 고심 끝에 찾은 방법은 바로 그린 레이즌을 쓰는 것이었다. 말 그대로 청포도를 말린 것이다. 내가 느끼기에 맛에는 별 차이가 없고, 건조된 상태로 봤을 때 색깔만 다른 정도다.

놀라운 건 일반 건포도를 썼을 땐 귀신같이 건

포도만 골라내 남기는 손님들이 많았는데, 그린 레이즌을 썼을 땐 잔반이 하나도 없었다는 것이다. 아마 그게 건포도인지 모르고 드신 손님들도 있었을 것 같다. 식사를 마친 후에 이게 뭐냐고 묻는 손님들이 대부분이었고 심지어는 "혹시 이거 망고인가요?" 하는 질문까지 들었을 정도니까.

집에서 카레를 만들 때, 한 번쯤은 과일을 활용해보기를 추천한다. 너무 익어서 그냥 먹기엔 꺼려지는 바나나, 냉동실 구석에서 잊혀가는 냉동 망고, 사놓고 아무도 먹지 않아 처치 곤란인 건포도까지. 조금만 창의성을 발휘한다면 평소에 먹던 것과는 완전히 다른 풍미의 카레가 완성될 테니.

입장 전 경고문을 숙지하셨습니까?

카레집 문을 열기 직전, 그리고 문을 연 이래로 거의 매년 일본으로 카레 출장을 다녀왔다. 매년이라 해봤자 카레 가게 역사가 길지 않기 때문에 고작 세 번 간 것이 전부지만. 그중에 한 번, 간사이 지방을 갔을 땐 여행도 겸사겸사 하긴 했어도, 두 번의 도쿄 방문은 카레에서 시작해 카레로 끝났다.

왜 하필 일본인가에 대해 답하자면, 일본은 디저트나 커피뿐만 아니라 카레도 엄청나게 발달해 있다. 여기서 말하는 카레는 흔히 생각하는 '아비꼬'나 '코코이찌방야' 같은 체인 카레점의 카레는 논외로 친다. 일본은 개인이 운영하는 개성 가득한 스파이스 카레집이 넘쳐나는 나라라고 해야 할까. 매년 지역별 카페나 디저트 투어 책을 내는 일본인데, 카레도 빠지지 않는다. 『2019년 카레 가이드』『2020년 카레 가이드』이런 식으로 카레집과 각종 카레를 소개하는 잡지를 서점 매대에서 쉽게 만나볼 수 있다. 게다가 다채롭고 상세하게 소개된 카레 레시피북이 얼마나 많은지. 갈 때마다 쏟아지는 신간에 눈이 핑핑 돌아간다. 서점의 요리 코너에 가면 아예 카레 코너가 따로 마련되어 있을 정도다. 전국적인 규모의 카레 페스티벌이 열리는 것은 물론, 매년 '올해의 카레'를 선정하는 칸다 카레 그랑프리도 있다.

딱히 특정 지역의 카레 레시피에 얽매이지 않는다는 뜻의 무국적 스파이스 카레집들도 많고, 인도뿐만 아니라 네팔, 태국, 이란, 스리랑카 등지의 카레를 전문적으로 선보이는 꽤 본격적인 해외 카레 전문점들도 쉽게 만나볼 수 있다. 개인적인 견해로는 아마 일본인들의 오타쿠 기질이 카레와 잘 맞물린 것 같다. 별다른 향신료를 쓰지 않는 일식을 먹다 각종 향신료가 폭발하는 카레를 먹으면 그들에겐 얼마나 새로울까.

그래서 일본에 가면 굳이 해외 각지를 여행하지 않고도 한 번에 세계 카레 순례길에 오를 수 있다. 한마디로 가성비가 뛰어난 출장인 셈이다. 만약 일본이 아닌 근처 다른 나라 어디라도 이런 분위기가 형성되어 있었다면, 나는 망설이지 않고 그 나라로 갔을 것이다. 물론 지금은 일본 불매 운동과 코로나의 여파로 일본 카레 출장을 가지 않은 지 오래다.

아무튼 이렇게 가성비 폭우가 내려오는 도쿄 카레 출장은, 그렇지 않아도 위장이 약한 내게는 조금 괴로운 나날들의 연속이다. 하루에 카레집만 두세 군데를 가서 종류별로 주문해 엄마와 나눠 맛보는데, 누가 일본인들 식사량이 적다고 했던가. 카레집에서 나오는 밥의 양은 유독 어마어마하다. 밥까지 깨끗이 다 먹은 적은 거의 없다. 출장 내내 소화제를 달고 살아야 했으며, 정말 몸이 안 좋을 땐 일정을 중단하고 꼼짝없이 숙소 침대 위에 누워 있어야만 했다. 친한 언니가 "인스타그램에 사진 올라오는 거 보는데 하나도 행복해 보이지 않더라…."라고 할 정도였다. 말 그대로 카레 순례이자 향신료 고행인 셈이다. 종종 먹방을 즐겨 보면서 '카레라면 나도 저렇게 끊임없이 먹을 수 있지 않을까?' 했던 안일한 생각이 무너지는 날들이기도 했다.

　　그나마 다행인 건 맛보는 카레들 대부분이 맛있었다는 것. 사실 나는 일식을 썩 좋아하지 않는다. 달고, 짜고, 느끼하고, 밍밍한 맛만 느껴진다. 길거리에서 흔히 맡게 되는 설탕과 미림, 간장을 끓인 냄새도 싫다. 반면 카레는 종류가 다양하고, 각종 향신료로 버무렸기 때문에 질리는 바도 없고, 소화도 잘 되는 편이다. 맵기 조절이 가능하다면 매운맛을 택해, 내내 느끼한 음식만 먹다 잃어버린 입맛을 돋울 수도 있다.

도쿄에서 카레 성지순례를 하던 중, 특히 기억에 남는 가게가 있었다. 워낙 독특하고 개성 있는 가게들이 많았지만, 그 어느 곳도 이 가게를 뛰어넘지는 못했다. 상호에 자신 있게 '요시다'라는 본인의 성을 붙인 것부터 남달랐다.

영업일은 정해져 있지만, 꼭 트위터 계정을 확인하고 가야 한다. 불시에 쉬기도 하고, 재료가 빨리 떨어지는 메뉴가 있기도 하다. 한 사람이 하는 식당이고 최대 아홉 명 착석 가능한 작은 규모여서, 아예 오픈 30분 전부터 기다리기로 했다. 도착하니 이미 두 사람이 먼저 기다리고 있었다. 가게가 위치한 상가 건물 1층에는 아주 커다란 술집이 있다. 그리고 2층에 있는 카레집으로 올라가는 계단은 셔터가 내려져 있다. 폭은 한 사람이 겨우 올라갈 수 있을 정도로 좁다.(나중엔 어떻게 내려오지, 걱정했다.) 시간이 얼마 지나지 않아 우리 뒤로 수많은 사람이 줄을 서기 시작했고, 규모에 비해 지나치게 한산했던 1층 술집 점원들은 카레를 먹기 위해 줄을 서는 사람들의 모습을 앉아서 멀거니 구경했다.

드디어 오픈 시각이 되고, 셔터가 올라간다. 이유는 모르겠지만 주인은 항상 가게 셔터를 반만 올린다. 기다리던 사람들은 고개를 숙이고 허리를 굽혀 계단으로 올라간다. 조금 우스운 풍경이다. 마치 굽신굽신 절을 하는 것 같다. 직장 상사한테 인사를 할 때도 이렇게 90도로 숙이지는 않았던 것 같은데.

계단을 올라가면 보이는 문 입구에는 주인이 직접 작성한 경고문이 붙어 있다. 가게 이용 규칙 네 가지를 적은 것이다.

1. 주인이 지정하는 자리에 앉을 것
2. 주인이 주문을 받기 전에 먼저 주문하지 말 것
3. 셀프 서비스
4. 카운터석에 2인 이상 붙어 앉지 말 것

이 규칙들을 지키지 않으면 슈퍼마켓에서 파는 카레 루를 녹여서 조리해주겠다는 깜찍한 협박으로 마무리된 경고문은, 주인이 어떤 성격인지 여실히 보여준다. 대화 금지라는 규칙은 그 어디에도 없지만, 손님들은 사장님의 눈에 나지 않도록 조심조심 숨죽여 카레를 먹고, 말소리를 일절 내지 않는다.

2인 손님은 4인 테이블에 안내하는데, 마주 보는 자리가 아니라 나란히 앉힌다. 테이블에 앉으니 수저통과 물통, 물컵, 행주가 놓인 자리마다 마스킹 테이프로 가장자리 경계가 표시되어 있다. 모든 것은 쓰고 나서 제자리에 놓으라는 소리 없는 주문이다. 나는 창가에 있던 메뉴판을 보고 제자리에 돌려놨다가, 메뉴판을 눕히지 말고 세워놓으라고 한소리를 들었다. 자리에서 보이는 부엌은, 모든 부분이 반짝반짝 빛나고 깨끗하다. 불필요한 요소나 지저분한 부분은 하나도 없다. 이런 성격이라면, 벌칙(?)으로 줄 시판 레토르트 카레조차 없을 것 같다는 생각이 들었다. 그런 것을 감히 이 공간에 둘 수 없을 것이다. 이토록 철저하고 강박적인 사람이 만든 카레는 어떤 맛일지, 더더욱 궁금해졌다.

카레 종류는 예상 가능하다시피 온리 원. 대신 매운맛 정도를 선택할 수 있다. 그 밖에는 모두 옵션 선택이며 추가금이 붙는다. 밥의 양을 선택할 수 있음은 물론이고, 키마 카레를 더할 수도 있고, 돼지고기 조림이나 낫토, 인도식 양배추 절임 아차루, 고수 등을 추가할 수 있었다. 나는 단맛과 매운맛의 믹스 카레에 대부분의 옵션을 추가해 카레를 주문했다. 이왕 온 거, 다 먹어보고 싶으니까.

　　특이한 점은 가게 문을 열고 들어섰을 때 바나나가 엄청나게 쌓여 있는 광경이다. 이곳의 카레는 바나나를 듬뿍 갈아 넣어 숙성한 것으로 유명하다. 그 때문에 카레에서 바나나 맛을 느끼는 사람들이 많다. 나는 바나나 맛보다도 엄청난 코리앤더의 향연을 느끼긴 했지만, 카레 출장을 다니며 맛본 카레 중 가장 독특했다. 보통은 이런저런 향신료맛이 골고루 느껴지고, 이렇게 한 가지 향신료만 튀는 경우는 거의 없기 때문이다. 게다가 바나나 풍미와 코리앤더 향이 도드라지면서도 한데 어우러지는 조화가 장난이 아니었다. 무엇보다도 도쿄 카레의 특징인 짠맛이 이곳에서는 덜했다. 간이 소름끼치도록 적당했다. 흔한 블랙 페퍼가 아닌 핑크 페퍼를 통째로 토핑한 것도 상당히 매력적이었다. 가벼운 듯 깊은 듯, 화사한 듯 진중한 듯한 이 카레를 먹다가 핑크 페퍼를 오독 씹었을 때… 바나나, 코리앤더의 맛과 어우러져 입안에서 쉴 새 없이 폭죽이 터졌다.

계속해서 카레를 한술씩 뜰 때마다 머릿속에 물음표와 느낌표가 바쁘게 오갔다. 침묵이 깔린 가게의 무거운 공기마저도 카레 먹는 행위를 성스럽게 느껴지게 할 정도였다. 급히 식사를 해결하고 가려는 사람은 여기에 오지 않는다. 천천히 음미하며 맛을 느끼려는 사람들만 온다. 그래서일까, 대부분의 사람이 일행 없이 혼자였다.

이 카레의 맛을 한 줄로 표현하자면 고집스러운 주인 같은 맛이다. 개성 있고, 범접하기 힘들고, 아무도 흉내 내지 못할, 어렵지만 확실한 맛.

서비스가 별로인 가게는 안 가면 그만이라지만 (게다가 우리나라라면 절대 있을 수 없는 영업 방식이다.), 불편한 부분이 한가득임에도 많은 사람이 성지순례하듯 찾는 데는 다 이유가 있었다. 이곳의 카레를 먹

고 나니 왠지 카레 고수가 된 것 같은 느낌마저 들
정도였으니까.

채식주의자 대환영

훗날 2020년 여름을 되돌아보면, 기후변화를 가장 피부로 실감한 시기였다고 오래도록 이야기하게 될 것 같다. 아직까지는 겨울엔 기온이 영하로 떨어져 완전한 아열대성 기후로 변했다고 할 수는 없지만, 비가 내리는 패턴이 여태 겪었던 여름철 장마와는 확연하게 달랐다. 예고도 없이 단시간에 엄청난 폭우가 쏟아지고, 순식간에 물이 불어난 하천은 도로까지 범람했다. 이런 장마가 거의 두 달이나 계속됐다. 빨래가 보송하게 마르지 않는 것은 물론이고, 기분마저 눅눅하기 그지없었다. 할 수만 있다면 빨랫감과 함께 건조기 안에 들어가고 싶을 정도로.

이 모든 건 오존층 파괴에서 이어진 결과다. 빙하가 녹기 시작했고 북극곰의 삶이 위협받고 있다는 걸 막연하게만 알고 있었지, 이상기후 현상을 직접 겪고 나서야 생각보다 심각한 상황이라는 걸 깨달았다. 소 잃고 외양간 고칠 수 있다면 그나마 다행이겠지만, 기후학자들은 이미 지구온난화를 막을 수 있는 마지막 기회는 날아갔다고 입을 모아 이야기한다. 이대로라면 30년 내로 빙하가 다 녹을 예정이라고 하니, 섬뜩하다.

이미 시작된 기후변화를 최대한 늦출 수 있는 가장 효과적인 방법은 무엇일까. 내가 읽은 통계에 따르면 1위는 아이를 낳지 않는 것, 2위는 채식이다. 혹자는 사람이 없으면 이 모든 환경 운동이 무슨 소용이냐고 하지만 지구엔 인간만 사는 게 아니고, 지구는 폭발적으로 증가하는 인구를 감당하지 못하고 있다. 통계를 보고 나서야 사람만이 지구상 유일하게 태어나서 죽기까지 평생 쓰레기를 만들어내는 끔찍한 존재라는 걸 느꼈을 따름이다.

채식이 환경을 보호하는 데 큰 도움이 될 수 있다는 사실은 다소 생소하게 다가온다. 이는 비건식까지는 못하더라도 소고기 소비만큼은 줄여야 한다는 강력한 경고이기도 하다. 소들이 뿜어내는 엄청난 양의 메탄가스가 오존층 파괴의 가장 큰 원인이기 때문이다.

잠깐 카레의 본고장으로 여겨지는 인도로 가보자. 그중 인도 북부의 밥상을 살펴보면, 이미 채식을 훌륭하게 실천하고 있다. 채식에 관심이 있는 이들이라면 인도인들의 밥상과 인도 카레에서 다양한 대

안을 발견할 수 있다. 버터 치킨 카레와 치킨 티카 마살라 카레의 본고장인 인도에서 채식 밥상이 웬 말이냐고? 인구의 3분의 2 이상이 힌두교도인 인도인들은 육류 섭취를 거의 하지 않는다. 그들 대부분은 유제품까지만 섭취하는 락토 오보 베지테리언이다.

인도식 레스토랑에 가도, 메뉴판의 가장 상단에 위치한 버터 치킨 카레와 탄두리 치킨 등의 메뉴는 이슬람 무굴 제국 시절과 영국 식민지 시절을 거쳐 나온 것들이다. 마리네이드한 닭고기가 들어간 치킨 티카 마살라 카레는 인도인들이 아닌, 영국인들의 소울푸드로 여겨지기까지 하니 말 다했다. 인도를 대표하는 음식인 건 맞지만 인도인들이 일상적으로 먹는 음식은 결코 아닌 셈이다.

우리가 흔히 아는 인도식 카레가 실은 그들의 주식이 아니라는 사실을 알았을 때 적잖은 충격을 받았다. 언젠가 넷플릭스에서 인도 셰프가 나온 다큐멘터리를 본 적이 있다. 셰프는 "오늘부터 메뉴에서 치킨 티카 마살라를 없애! 진짜 정통 인도 요리만 할 거야!"라며 화를 냈다. 비건 레스토랑으로 만들겠다는 말은 결코 아니지만, 보다 인도의 정통 음식에 가까운 것을 만들겠다는 큰 결심이리라.

그럼 과연 인도인들의 주식은 무엇일까? 정답은 콩이다. 그들은 병아리콩은 물론이고 병아리콩을 반으로 쪼갠 차나달, 껍질을 벗긴 녹두인 뭉달 등 다양한 종류의 콩을 카레로 만들어 먹는다. 특히 밝은 노란빛의 달 카레와 강낭콩을 주재료로 한 라즈마 차왈 카레는 북부 인도인들이 매일같이 먹는 음식이다. 파니르 치즈를 깍둑깍둑 썰어 시금치와 함께 끓인 팔락 파니르도 인도의 대표적인 채식 카레다.

그 밖에도 감자와 콜리플라워, 향신료를 볶아 만드는 알루 고비, 가지를 주재료로 한 사브지도 있다. 병아리콩과 감자가 전폭적인 사랑을 받고 있기는 하지만, 그 밖에도 여러 채소를 활용한 다양한 카레가 존재한다.

물론 인도인들이 채식하는 이유는 환경 보호가 아닌 종교적 신념 때문이다. 그들은 절대 집에서 고기를 다루지 않으며, 고기 요리를 해야 하는 경우에도 손에 피를 묻혀가며 고기를 손질하는 건 주방을 담당하는 여성이 아닌 남성이라고 한다. 그리고 고기 요리가 끝나면 부엌이 피 냄새로 더럽혀졌다고 생각해 몇 시간 공을 들여 깨끗이 닦아낸다. 소를 신성시하기에 당연히 소고기 요리는 절대 하지 않고, 염소나 닭을 쓴다. 해안가와 맞닿아 있는 남부에서는 생선을 카레의 주재료로 즐겨 쓰지만, 북부에서는 생선마저 잘 먹지 않는다.

그들과 종교관이 다르긴 하지만, 우리 또한 환경 보호에 동참해야 한다는 생각을 마음속 어딘가 심어야만 하는 시기다. 완전 채식을 하는 비건이 되지는 못하더라도, 붉은 육류 소비를 지금보다 줄여가야 한다고 절감한다.

고기를 먹지 않으면서 단백질을 섭취하고 맛있는 식사를 할 수 있는 방법을, 나는 인도의 카레를 공부하며 찾아나가려 한다.

후끈후끈 보양식이 따로 없네

음식은 따뜻한 성질과 찬 성질 혹은 미지근한 성질로 나눌 수 있다. 누구 마음대로 그리 나누냐고? 주로 한의학에서 그렇게 하는데, 체질 진단을 받고 나면 한의원에서 몸에 이로운 음식과 해로운 음식을 작성한 리스트를 종이에 인쇄해준다. 음식의 성질에 그다지 신경 쓰지 않는 사람들도 있겠지만, 나의 경우는 아니다.

기와 혈액의 흐름이 원활하지 않고, 위장이 약하며 내장이 차갑고 두통을 잘 느끼는 허약한 체질이 바로 나에 해당한다. 그런 내가 절대로 먹어서는 안 될 음식이 돼지고기와 각종 해산물이다. 밀가루도 먹지 말고, 심지어 내가 사랑하는 커피도 마시지 말라고 쓰여 있었지만… 그것만큼은 지킬 수 없다. 대신 돼지고기와 해산물을 절대로 먹지 말자고 생각하며 한 달간 체질식을 했다. 체질 진단을 받고 체질식을 철저히 지켰던 한 달 동안 고질적인 소화불량이나 속이 차가운 느낌이 싹 사라졌다. 오호라.

한의사 선생님은 내게 카레 만드는 직업이 천직이라고 했다. 카레에 들어가는 재료들이 주로 몸을 따뜻하게 하는 것들이기 때문이다. 될 수 있으면 매일같이 카레를 먹으라고 하셨을 정도. 특히 버터 치킨 카레 같은 것은 완벽하다나. 사실 그렇게 말씀하시지 않아도 따로 식사를 차릴 새가 없어 거의 카레로 끼니를 때우는 날들의 연속이었지만 말이다.

암만 카레가 몸을 따뜻하게 하는 음식이라고 한들, 이론과 실전은 늘 다른 법이다. 그전까지만 해도 일반적인 시판 카레를 먹고 속이 따뜻해지는 경험을 한 번도 해본 적이 없었기 때문이다. 그러나 향신료 카레라면 이야기가 다르다.

향신료가 듬뿍 들어간 카레를 먹으면, 굳이 매운맛 나는 카레가 아니어도 속이 뜨거워지는 느낌과 함께 땀이 난다. 여름이 되면 이열치열이라며 복날에 삼계탕을 먹어도 땀만 날 뿐 속이 따뜻해지는 느낌을 받지 못했었는데, 카레가 이렇게 단숨에 몸을 따뜻하게 할 줄이야.

일본에는 '약선 카레'라는 말도 있다. 주로 수프카레 종류를 가리키는데, 육수를 낼 때 약재를 많이 써서 만든 카레라는 뜻이다. 가게마다, 또 레시피마다 다르겠지만 약선 카레로 유명한 한 카레집의 수프 카레는 삼계탕에 가까운 맛이 난다고 한다.

굳이 약선 카레까지 가지 않더라도 카레에는 약재로 쓰이는 향신료들이 이미 많이 들어간다. 대표적으로는 계피와 정향, 강황을 들 수 있겠다. 시나몬, 클로브, 터메릭으로도 불리는 것들이다. 그 밖에도 카레에 들어가는 수많은 향신료에 대한 자료를 찾아보면, 각 향신료가 지닌 효능도 꼬리표처럼 따라온다. 단순히 향과 맛을 더하는 기능만 하는 게 아니라는 뜻이다.

몸이 따뜻해지는 카레는 교토에서 처음 경험했다. 아니, 몸이 뜨거워졌다고 해야 맞을 정도다. 카레를 다 먹고 가게를 나서고도 한동안 몸이 후끈후끈했으니까.

교토는 카레로 유명한 지역이 아니다. 바로 근처 오사카에 유명한 스파이스 카레집들이 자리를 잡고 있기 때문이기도 하지만, 오래된 역사를 품은 교토는 그런 이국적인 음식보다 일본의 전통 음식들을 자랑하기 때문이다.

교토까지 가서 스파이스 카레집을 찾은 건 거의 집착과도 같았다. 매일같이 일식을 먹을 수도 없었고(게다가 교토의 일식은 무척 비싸다.), 속을 개운하게 하려면 역시 카레를 먹어야만 했다. 그렇다고 우리나라에도 있는 일본의 카레 체인점을 갈 순 없었다. 다행히 교토에도 개인이 하는 스파이스 카레집들이 몇 군데 있었다.

발길이 닿은 가게의 이름은 '카릴'. 일본어 가타카나로 적힌 대로 발음하자면 '카리루'가 된다. 일본에서는 카레를 카레 혹은 카리라고 부르는데, 인도에서 발음하는 것이 카리에 가깝기 때문이다. 보통 스파이스 카레집에서 카레가 아닌 카리라는 단어를 선택해 간판에 쓰곤 하는데, 아예 그 단어를 상호로까지 끌어온 케이스였다.

중심가와는 꽤 떨어진 외딴곳에 있는 작은 가게다. 대로변에서 좁은 골목으로 들어서자마자 풍기는 향신료 냄새 덕에 제대로 찾아왔구나, 안심했다. 가게는 바 형태의 좌석으로만 이루어져 있었다. 매일 준비하는 카레가 서너 종류 있고, 밥에 키마 카레를 추가할 수 있었다.

최대한 많은 카레를 맛보고 싶어서 일부러 반반 카레에 키마 카레까지 추가했다. 그날 먹은 카레 중 한 가지는 잘 기억나지 않지만 아마도 진한 갈색의 다소 평범한 치킨 카레였던 것 같고, 나머지 한 가지는 화이트 카레였다. 말 그대로 흰색 카레다.

어떻게 카레가 흰색이 될 수 있냐고? 간단하다. 색이 강한 파프리카 가루나 강황 같은 향신료를 쓰지 않고, 홀 스파이스 위주로 맛을 충분히 낸다. 물만으로는 부족한 풍미를 만들기 위해(스파이스 카레를 끓일 땐 향신료맛을 해치지 않기 위해 따로 육수를 내지 않는 경우가 대부분이다.) 코코넛밀크나 생크림, 우유 등을 더한다. 흰색이 가장 큰 특징인 카레이기 때문에 양파를 너무 진한 색이 돌도록 볶지 않는 것이 포인트. 그저 숨이 살짝 죽고 매운맛이 날아갈 정도로만 볶는다. 강황이 들어가지 않는다는 점에서 치아 교정 중인 사람들에게 환영받을 카레이기도 하다.

화이트 카레는 그날 처음으로 맛보았다. 레시피북에서 보고 궁금해할 뿐 시도해보지 않았던 때였다. 마침 이곳에 화이트 카레가 있다니, 운이 좋구나 싶었다. 기대에 차 화이트 카레부터 한술 떴다.

보기보다 강력한 향신료의 맛이 혀를 확 치고 지나갔다. 화려한 향신료들의 맛이 느껴지고 나면 알싸한 매운맛이 뒤를 잇는다. 흰색이라 크림 스튜처럼 부드러울 것이라 생각하면 오산이다. 농도는 훨씬 묽은데, 밀도에 비해 다채로운 매운맛이 꽉 차 있었다.

　매운 음식을 잘 먹지 못하는 일본인들이 어떻게 이런 매운 카레는 잘 먹는 걸까… 하는 궁금증을 품을 무렵부터 몸이 후끈후끈 더워지기 시작했다. 아니, 단순히 더운 느낌과는 달랐다. 뜨거운 음식 혹은 매운 음식을 먹고 땀 흘리는 것과는 완전히 다른 느낌이었다.

　그때 한의사 선생님이 했던 말씀이 생각났다. 자신이 하는 치료는 불씨가 다 꺼져가는 배 속의 아궁이에 다시 불을 붙이고, 그 열기를 손끝 발끝까지 구석구석 보내기 위함이라고. 체질식을 하거나 뜸을 뜨고 침을 맞을 때는 즉각적으로 느끼지 못했던 감각이었다. 그런데 그걸 향신료 가득한 카레 몇 술 뜨고 단박에 느끼게 되다니! 정말, 말 그대로 갑자기 배 속에 누군가가 모닥불을 피운 것 같았다.

가게를 나서 숙소로 돌아올 때까지 배 속의 열기와 온몸의 훈훈한 기운은 여전히 유지되었다. 겉보기엔 그저 아이보리색 묽은 소스에 불과했던 화이트 카레에 얼마나 많은 양의 향신료가 들어갔을지 머릿속으로 그려보았다.

올겨울에도 작년에 완성한 레시피로 화이트 카레를 선보일 예정이다. 여름에 이열치열하는 느낌도 좋겠지만 아무래도 하얗고 따뜻한 음식은 눈 내리는 겨울, 포근한 기분으로 먹는 게 더 어울리니까. 가게 밖을 나서는 손님들이 핫팩 없이도 따뜻할 수 있도록, 향신료를 평소보다 훨씬 듬뿍 넣어야겠다.

궁극의 카레

〈짱구는 못말려〉 속 카레라고 하면 "똥 먹는데 카레 얘기 하지 마." 유행어부터 떠올릴지도 모르겠다. 하지만 그렇게 가벼이 넘기기엔 꽤 본격적으로 카레 에피소드를 다룬 적이 있다.

짱구 엄마 봉미선이 짱구를 데리고 시내의 유명한 인도 카레 레스토랑에 간다. '궁극의 카레'라는 헤드라인으로 각종 매체에 소개된 곳으로, 명성에 걸맞은 긴 웨이팅 끝에 자리를 잡는다. 주문한 카레가 나오고 막 식사를 시작하는데, 띠요옹… 봉미선의 표정이 묘해진다. 딱히 '맛있다'고 할 만한 맛이 아닌 것이다.

'이게 정녕 맛이 있는 건가?' 하는 생각으로 어떻게든 맛을 느껴보려 애쓰는 엄마를 옆에 두고 짱구는 대놓고 "엄마, 카레가 맛이 없어요!"라고 큰 소리를 내어 말한다. 이윽고 분노한 현지인 셰프가 짱구에게 다가온다. 이건 이러저러한 방식으로 복잡하게 만든 카레고 정통 방식이 어쩌고저쩌고… 끝없는 부연 설명을 하며 맛이 없을 리 없다고 설득 아닌 설득을 하지만, 그래도 짱구의 대답은 똑같이 "맛없어요."다. 그제야 눈치를 보며 식사를 하던 다른 손님들도 용기 내어 요리가 맛이 없음을 하나둘 실토하고, 콧대 높던 셰프는 당황하고 만다.

카레 만드는 사람으로서 많은 생각과 반성을 하게끔 하는 에피소드였다. 나의 경우 단순히 직관적으로 느껴지는 '맛있는 맛'보다 '다양하고 새로운 카레 경험'에 중점을 두고 카레를 만들고 있기 때문에. 물론 그렇다고 해서 맛을 신경 쓰지 않는다는 건 아니다. 다만 나 또한 어렵고 생소한 카레를 대중이 잘 받아들이지 못하는 것에 대해 종종 답답함을 느끼곤 했던 게 사실이다. 이제 와서 돌아보면 참으로 어리석은 생각이 아닐 수 없다. 하다못해 미슐랭 별 세 개짜리 식당도, 서울에서 몇 손가락 안에 든다는 유명한 떡볶이집도, 몇 시간을 기다려야만 들어가 먹을 수 있는 숯불고깃집도, 1인분에 몇만 원 하는 간장게장집도 모두의 입맛을 충족시킬 수는 없을 텐데 말이다.

'궁극의 맛'이라는 게 있기는 한 걸까. 그런 건 상상 속에나 존재하는 것이 아닐까. 아니, 상상으로도 그려내기 어려울 터다. 사람에 따라 궁극의 맛이란 아는 맛 중에 조화가 완벽한 맛일 수도 있고, 아예 처음 느끼는 맛일 수도 있다.

어쩌면 맛은 함께하는 누군가가 있으면 더 잘 느끼게 되는 걸 수도 있겠다. 같은 음식도 좋아하는 누군가와 함께 먹으면 또 다른 법이니까.

영화 〈리틀 포레스트〉에도 카레를 먹는 장면이 나온다. 주인공 미치코가 친구와 다툰 후 집에서 수제비를 끓여 먹기 위해 밀가루 반죽을 하는데, 친구가 화해의 버터 치킨 카레를 만들어 온다. 친구의 말에 따르면 '본격 인도풍' 버터 치킨 카레다. 미치코는 수제비를 하려던 반죽을 얇게 밀어 화덕에 구워 차파티를 만든다.

보통 인도 카레에 곁들이는 빵을 난으로 퉁쳐서 생각하지만, 사실 인도에서 먹는 식사빵의 종류는 다양하다. 난의 경우 백밀가루에 요거트와 버터 등을 넣어 반죽을 충분히 치대 쫄깃하고 풍부한 맛이 난다면, 차파티는 통밀가루 반죽을 얇게 밀어 펴서 화덕에 굽는다. 로티라고도 부른다. 영화처럼 정제

하지 않은 전립분을 쓴 수제비 반죽으로도 만들 수 있는 셈이다.

하여간 미치코가 각종 채소로 국물까지 내 수제비 끓일 모든 준비를 마쳤음에도, 그 자리에서 차파티를 뚝딱 구워 버터 치킨 카레를 함께 나눠 먹는 게 무척 인상적이었다. 친구가 하고많은 음식들 중에서 하필 카레를 만들어 온 것도. 확실히 카레는 함께 먹는 음식이라는 이미지가 강한 것 같다.

누군가와 함께 카레 먹는 장면이 나오는 영화가 또 있다. 바로 〈바닷마을 다이어리〉다. 워낙 뭔가를 먹는 장면이 자주 나와서 영화에 카레가 나왔다는 걸 기억조차 하지 못하는 사람들도 많을 것이다. 영화 속에서 셋째 치카가 카레를 만든다. 가운데가 뚫린 어묵의 한 종류인 치쿠와를 잔뜩 넣어 끓인 카레를. 할머니가 알려준 레시피인데 다른 자매들은 왜 이렇게 먹는지 이해하지 못한다면서, 혼자서만 맛있게 먹는 카레라고 아버지의 장례식에서 만난 이복동생 스즈에게 설명한다. 스즈는 "치즈를 넣으면 더 맛있을지도."라고 덧붙이며 둘이서 함께 카레를 맛있게 먹는다.

별것 아닌 카레 먹는 장면이 기억에 남은 까닭은 무엇이었을까. 치카 역을 맡은 배우가 괜찮았을까 걱정이 될 만큼 카레를 씹지 않고 삼키듯 급하게 숟가락질을 하기도 했지만, 대화의 주제가 '가족이 남긴 추억의 맛'이었기 때문이다. 다른 어디에도 없는, 우리 가족에게만 있는 맛. 하고많은 음식 중에 하필 카레를, 또 하고많은 재료 중에 하필 어묵을 넣은 카레를 좋아하는 까닭이 마음에 남았다.

영화에서 힌트를 얻어 치쿠와 카레를 만든 적이 있다. 우선 치쿠와를 구하는 것부터가 일이었다. 가운데 구멍에 치즈나 오이, 맛살을 끼워 먹기도 하면서 다양한 방식으로 치쿠와를 즐기는 일본과 달리 우리나라에서는 치쿠와가 어묵 중에서도 그다지 인기 있는 품목이 아니기 때문이다. 심지어 제대로 된 명칭조차 붙어 있지 않아 '가운데 구멍 뚫린 긴 어묵'으로 부를 정도니까.

어묵 상가가 즐비한 부산의 한 시장에 방문해 마음에 드는 치쿠와를 구하기 위해 발품을 팔았다.

다행히 인심 좋은 상인들 덕분에 어육 함량이 높아 쫄깃하면서 탱탱한 것을 구했다. 그런 것이 맛도 좋을 수밖에.

막내 스즈의 대사처럼 치쿠와 사이에 스트링 치즈를 끼우고, 카레 위엔 그라나파다노 치즈와 후추를 듬뿍 갈아 얹었다. 이왕 치즈 끼운 어묵이 들어가니 카레는 조금 매콤하게, 향신료 기름을 낼 때 꽈리고추를 듬뿍 넣어 볶았다. 풋고추나 청양고추와 달리 꽈리고추만 낼 수 있는 향이 좋기도 하고, 어묵과도 잘 어울리기 때문이다.

그렇게 무슨 맛인지 궁금해서 만들어본 치쿠와 카레는, 어묵을 찾아 먹는 편이 아닌 내게도 기대 이상으로 맛있었지만 그렇다고 해서 궁극의 맛까지는 아니었다. 영화 속 치카처럼 할머니가 이런 카레를 만들어주셨더라면 좀 달랐겠지. 추억의 맛으로 이렇게 먹는 카레가 최고라고 여겼을지도 모르겠다.

신기한 건 이렇게 만든 치쿠와 카레를, 우리 가게에서 여태 선보인 마흔 가지가 넘는 카레 중에서 최고로 손꼽는 손님들이 왕왕 있다는 것이다. 나에겐 찾아 먹고 싶을 정도로 생각나지는 않는 맛이 누군가에게는 궁극의 맛이라니.

궁극의 카레 이야기는 이렇게 흘러간다. 더 맛있어지기 힘든 맛, 혹은 세상에서 가장 맛있는 객관적인 맛은 존재하지 않는다고.

그런 내게 가장 대답하기 힘든 질문이 하나 있다. 생각보다 자주 받는 질문이기도 하다.

"사장님은 만들었던 카레들 중 어떤 카레를 가장 좋아하세요?"

지금도 선뜻 대답하기가 힘들다. 그도 그럴 것이, 내가 으뜸으로 꼽는 최고의 맛을 지닌 카레는 애초에 존재하지 않을뿐더러, 그때그때 가장 좋아하는 카레가 달라지기 때문이다.

내가 가장 좋아하는 카레는 결국 지금 당장 먹고 싶은 카레다.

013 　　　　　　　　**카레**

카레 만드는 사람입니다

1판 1쇄 펴냄　2021년 11월 10일　　　지은이　김민지
1판 3쇄 펴냄　2024년 2월 15일

편집　김지향 황유라 정예슬
교정교열　안강휘
디자인　박연미
일러스트　류은지
미술　이미화 김낙훈 한나은 김혜수
마케팅　김채훈 홍수현 이지원 이지혜 이호정
홍보　이시윤 윤영우
저작권　남유선 김다정 송지영
제작　임지헌 김한수 임수아 권순택
관리　박경희 김지현 이지은

펴낸이　박상준
펴낸곳　세미콜론
출판등록　1997. 3. 24. (제16-1444호)
06027 서울특별시 강남구 도산대로1길 62
대표전화　515-2000
팩시밀리　515-2007
편집부　517-4263
팩시밀리　515-2329　　　　세미콜론은 민음사 출판그룹의
　　　　　　　　　　　　　만화·예술·라이프스타일 브랜드입니다.
ISBN　　　　　　　　　　www.semicolon.co.kr
979-11-91187-42-7 03810

　　　　　　　　　　　　트위터　semicolon_books
　　　　　　　　　　　　인스타그램　semicolon.books
　　　　　　　　　　　　페이스북　SemicolonBooks
　　　　　　　　　　　　유튜브　세미콜론TV